宍戸奈美——著
さめない——繪
吳羽柔——譯

超蝦趴！
K-pop
追星韓語

音檔使用說明

掃描 QR Code 聆聽音檔，購書讀者完成註冊、驗證與免費訂閱程序後，即可啟用音檔。音檔限本人使用，違者依法追究。

STEP ①
掃描上方 QR Code

STEP ②
快速註冊或登入 EZCourse

STEP ③
回答問題按送出

答案就在書中（需注意空格與大小寫）。

STEP ④
完成訂閱

該書右側會顯示「已訂閱」，表示已成功訂閱，即可點選播放本書音檔。

STEP ⑤
點選個人檔案

查看「我的課程與音頻」會顯示已訂閱本書，點選封面可到本書線上聆聽。

＊ 本書空耳只是輔助記憶，並非標準正確發音，如欲學習正統發音，建議搭配音檔聆聽學習。

前言

首先,市面上有這麼多韓語學習書,
謝謝你選擇了這本書。

這是一本寫給韓語初學者的
韓語單字與短句書。
撰寫的過程中,我不斷思考,
追星時不可或缺的單字到底有哪些,
才終於完成了這本書。
因此我希望抱有相同疑問的人,
都可以閱讀這本書。

而在製作過程當中,
為了盡可能收錄最多生活中
真正會用到的韓語,
我多次訪談韓語母語者,
理解常用單字和細微的語感差異,
所以書中的用語都會是非常實用的語句。

我本人也非常喜歡韓國偶像,
當初就是因為
每天接觸韓國偶像的相關資訊,
才學會了韓語。
所以我也希望能將這本書送給
當年努力學韓語的自己。

另外也希望你能多多欣賞本書插畫家さめない
所繪製的美麗插圖,看著這些插圖,
就能讓人瞬間充滿學習動力。

誠心希望因為「喜愛」偶像而開始學韓文的你,
都能享受學習的過程。
如果本書能幫上你的忙,
那就再好不過了。

宍戶奈美

本書特色

POINT 1　能學習實用單字

除了必學的基礎單字外，本書也納入許多韓語母語者實際對話時，常用的單字和表達方式。韓語的一大特色是會使用大量縮略語(註：縮寫後的詞語)，但市面上卻少有著重介紹縮略語的韓語教科書。撰寫本書時，我盡可能同時收錄了原本的單字和縮略語兩者。

POINT 2　能瞭解韓國追星文化

第一次入坑韓國偶像的人，大概都會被韓國偶像與複雜的追星文化嚇一大跳吧？韓國的追星文化與日本有相似之處，但也有截然不同的部分，在單字使用上也是自成一家，關於這一點，相信在台灣的讀者朋友也有所感受。書中仔細介紹了日本人和台灣人不太熟悉的韓國追星相關用語，以利各位理解韓國偶像文化*。

POINT 3　可愛插圖提升學習動力

書中加入了與韓國追星文化有關的生動插圖，方便讀者聯想實際情境，提升學習動力。希望因為喜歡韓國文化而開始學習韓語的你，可以保持這份「喜歡」，持續快樂地學習下去。

＊編按：本書作者為日本人，為尊重原著立場，內文予以保留原意，然書中內容，為因應台灣讀者需求，已經作者本人同意，適度調整與日本相關部分之篇幅。

有縮略語的單字會在旁邊的補充框中標註簡稱。一般只使用縮略語的狀況，則會在補充框裡標示原詞。

※第38頁有縮略語一覽表，整理了日常對話中使用頻率較高的縮略語。

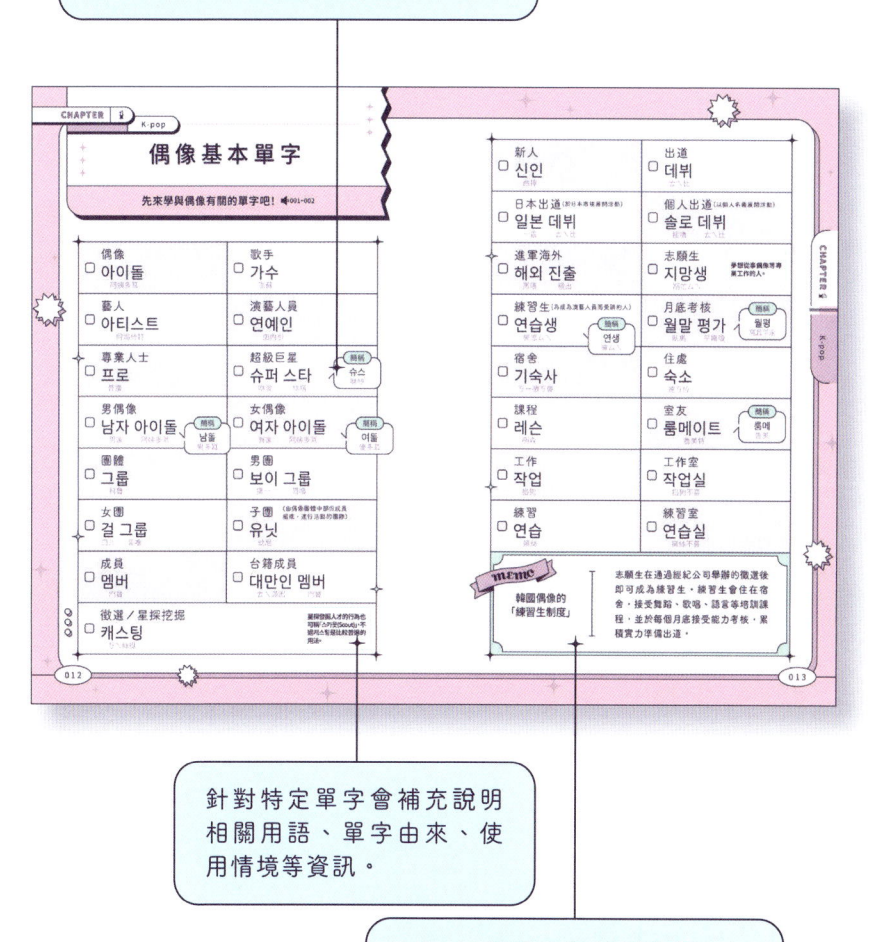

CHAPTER K-pop

偶像基本單字

先來學與偶像有關的單字吧！ 001-002

偶像 아이돌	歌手 가수
藝人 아티스트	演藝人員 연예인
專業人士 프로	超級巨星 슈퍼 스타 (簡稱 슈스)
男偶像 남자 아이돌 (簡稱 남돌)	女偶像 여자 아이돌 (簡稱 여돌)
團體 그룹	男團 보이 그룹
女團 걸 그룹	子團 유닛
成員 멤버	台籍成員 대만인 멤버
徵選／星探挖掘 캐스팅	

新人 신인	出道 데뷔
日本出道 일본 데뷔	個人出道 솔로 데뷔
進軍海外 해외 진출	志願生 지망생
練習生 연습생 (簡稱 연생)	月底考核 월말 평가 (簡稱 월평)
宿舍 기숙사	住處 숙소
課程 레슨	室友 룸메이트 (簡稱 룸메)
工作 작업	工作室 작업실
練習 연습	練習室 연습실

memo 韓國偶像的「練習生制度」

志願生在通過經紀公司舉辦的徵選後即可成為練習生。練習生會住在宿舍，接受舞蹈、歌唱、語言等等培訓課程，並於每個月底接受能力考核，累積實力準備出道。

針對特定單字會補充說明相關用語、單字由來、使用情境等資訊。

MEMO欄會介紹韓國相關小知識、追星文化等。

005

contents

前言 003

本書特色 004

CHAPTER 1　K-pop 011

偶像基本單字 012
隊內擔當、關係 014
經紀公司、工作人員 017
行程 018
新聞、醜聞 020
CD 022
音樂 024
表演 025
演唱會基本單字 026
歡呼、主持 028
應援扇 030
周邊 032
歌詞 034
情歌歌詞 036
Girl Crush歌詞 037

column

令人一頭霧水的「縮略語」................................. 038

CHAPTER 2 追星活動 039

迷妹、迷弟 040
追星活動、應援 043
直播基本單字 044
問問題 046
二選一遊戲 051
提出要求 052
表達感謝、祝賀 056
稱讚 058
表達愛意 062
實體、視訊簽售基本單字 064
簽售會常用句 067
視訊簽售常用句 069

column
如何寫粉絲信？ 070

CHAPTER 3 電視節目、影片 071

電視節目基本單字 072
綜藝節目基本單字 074
字幕 076
小遊戲 080
反應 083
音樂節目基本單字 084

投票、分數計算 088
得獎感言 090
頒獎典禮、音樂節／祭 091
選秀節目 092
影片 094

column
常見影片搜尋關鍵字 096

CHAPTER 4　社群媒體、網路 097

手機、網路基本單字 098
社群基本單字 100
訊息基本單字 104
網路聊天用語 106
Hashtag 108
網路用語、流行語 112
MBTI 116

column
社群交流常用句 124

CHAPTER 5　觀光 125

交通 126
結帳 130

咖啡廳巡禮	132
餐廳	135
便利商店	139
選物店	140
化妝體驗	142

column

遇到狀況時可以用的語句	148

CHAPTER 6 日常 — 149

時間	150
天氣	152
顏色、形狀	153
感覺	154
程度	155
順序	156
方向、位置	157
稱呼	158
指示詞	159
漢字數字、單位	160
固有數字、單位	162
常用副詞	164
常用動詞	166
常用形容詞	168
連接詞	171
問候用語	172

附和、回應	174
提問	175
人際關係	176
身體	178
臉部	179
動物	180
個性	181
性格	182
感情	183
戀愛	184

CHAPTER 7 基礎韓語 ... 187

韓語是什麼樣的語言？	188
諺文是什麼？	189
10種基本母音	190
11種雙母音（合成母音）	192
10種基本子音	194
終聲	196
發音變化	198
助詞	200
常用語尾形態	201
韓文字母一覽表	202

索引	206

CHAPTER 1

K-pop

CHAPTER 1 K-pop

偶像基本單字

先來學與偶像有關的單字吧！ 🔊 001~002

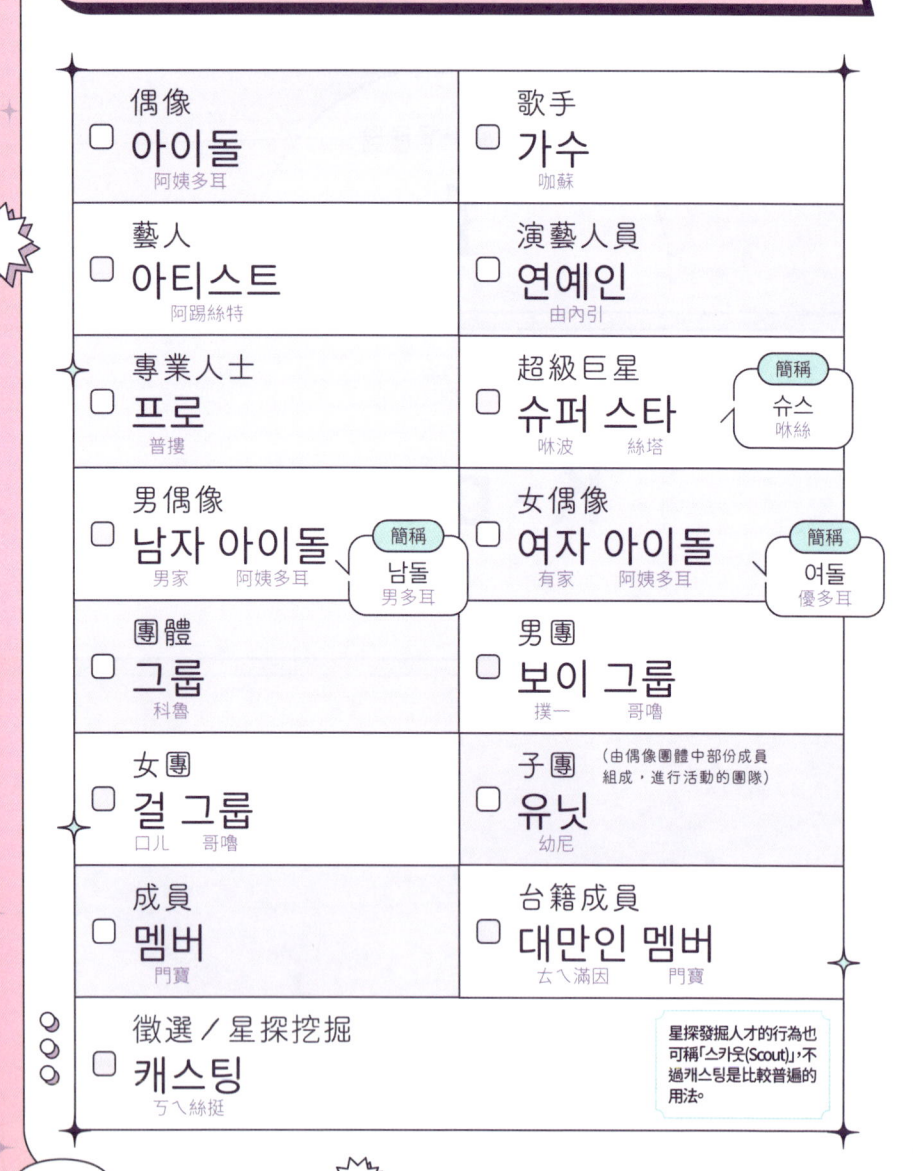

偶像 □ 아이돌 阿姨多耳	歌手 □ 가수 咖蘇
藝人 □ 아티스트 阿踢絲特	演藝人員 □ 연예인 由內引
專業人士 □ 프로 普摟	超級巨星 □ 슈퍼 스타　簡稱 슈스 咻波　絲塔　　　　咻絲
男偶像 □ 남자 아이돌　簡稱 남돌 男家　阿姨多耳　　　男多耳	女偶像 □ 여자 아이돌　簡稱 여돌 有家　阿姨多耳　　　優多耳
團體 □ 그룹 科魯	男團 □ 보이 그룹 撲一　哥嚕
女團 □ 걸 그룹 口儿　哥嚕	子團　(由偶像團體中部份成員組成，進行活動的團隊) □ 유닛 幼尼
成員 □ 멤버 門寶	台籍成員 □ 대만인 멤버 去ㄟ滿因　門寶
徵選／星探挖掘 □ 캐스팅 ㄎㄟ絲挺	星探發掘人才的行為也可稱「스카웃(Scout)」，不過캐스팅是比較普遍的用法。

012

新人	出道
☐ 신인 西撑	☐ 데뷔 ㄉㄟ比
日本出道（於日本市場展開活動）	個人出道（以個人名義展開活動）
☐ 일본 데뷔 一盆　ㄉㄟ比	☐ 솔로 데뷔 搜嚕　ㄉㄟ比
進軍海外	志願生 — 夢想從事偶像等專業工作的人。
☐ 해외 진출 黑喂　親出	☐ 지망생 期忙ㄙㄟ
練習生（為成為演藝人員而受訓的人）	月底考核　簡稱：월평 窩耳平永
☐ 연습생 擁思ㄙㄟ　簡稱：연생 擁ㄙㄟ	☐ 월말 평가 臥馬　平庸嘎
宿舍	住處
☐ 기숙사 ㄎ一宿ㄎ傻	☐ 숙소 速ㄎ所
課程	室友　簡稱：룸메 魯美
☐ 레슨 咧森	☐ 룸메이트 魯美特
工作	工作室
☐ 작업 掐狗	☐ 작업실 掐狗不喜
練習	練習室
☐ 연습 擁絲	☐ 연습실 擁絲不喜

MEMO

韓國偶像的「練習生制度」

志願生在通過經紀公司舉辦的徵選後即可成為練習生。練習生會住在宿舍，接受舞蹈、歌唱、語言等培訓課程，並於每個月底接受能力考核，累積實力準備出道。

CHAPTER 1　K-POP

013

CHAPTER 1 K-pop
隊內擔當、關係

說明團隊裡的角色和成員間的關係！ 🔊 003~005

主唱	副唱	領唱
메인보컬	서브보컬	리드보컬
沒因補考	搔不補考	里的補考
簡稱 메보 咩補	簡稱 서보 搔補	簡稱 리보 里補

014

隊內擔當
포지션
撲機想

主舞
메인댄서
沒因顛手

簡稱
메댄
咩顛

主rapper
메인래퍼
沒因雷波

簡稱
메랩
咩咧

領舞
리드댄서
里迪顛手

簡稱
리댄
里顛

CHAPTER 1

K-pop

015

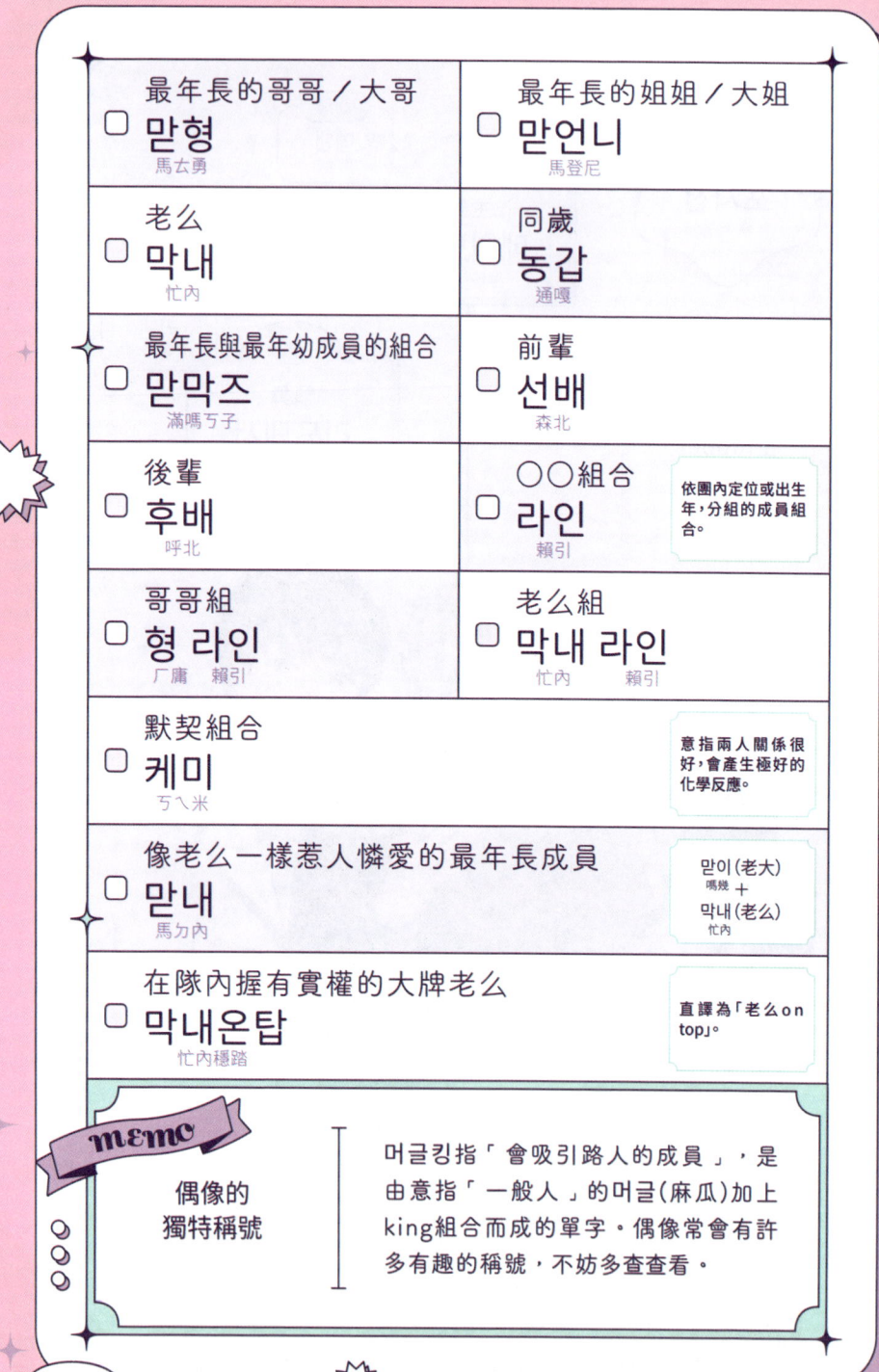

最年長的哥哥／大哥 ☐ **맏형** _{馬ㄡ勇}	最年長的姐姐／大姐 ☐ **맏언니** _{馬登尼}
老么 ☐ **막내** _{忙內}	同歲 ☐ **동갑** _{通嘎}
最年長與最年幼成員的組合 ☐ **맏막즈** _{滿嗎ㄎ子}	前輩 ☐ **선배** _{森北}
後輩 ☐ **후배** _{呼北}	○○組合 ☐ **라인** _{賴引}	依團內定位或出生年，分組的成員組合。
哥哥組 ☐ **형 라인** _{ㄏ庸 賴引}	老么組 ☐ **막내 라인** _{忙內 賴引}
默契組合 ☐ **케미** _{ㄎㄟ米}		意指兩人關係很好，會產生極好的化學反應。
像老么一樣惹人憐愛的最年長成員 ☐ **맏내** _{馬ㄉ內}		맏이(老大) _{嗎幾} ＋ 막내(老么) _{忙內}
在隊內握有實權的大牌老么 ☐ **막내온탑** _{忙內穩踏}		直譯為「老么on top」。

MEMO

偶像的獨特稱號

머글킹指「會吸引路人的成員」，是由意指「一般人」的머글(麻瓜)加上king組合而成的單字。偶像常會有許多有趣的稱號，不妨多查查看。

CHAPTER 1 K-pop

經紀公司、工作人員

在一旁支持著偶像、讓偶像更加耀眼的工作人員們！ ◀006

經紀公司
☐ 연예 기획사
優內　ㄎㄧ灰灑

一般也常用소속사(所屬社)，指藝人「所屬的公司」。

公司
☐ 회사
灰灑

公司大樓
☐ 사옥
撒五

老闆、代表
☐ 대표
ㄊㄟ漂

口譯
☐ 통역
通有

工作人員
☐ 스탭
絲ㄊㄞ世

經紀人
☐ 매니저
沒尼久

儀典組
☐ 의전 팀
烏一針　挺

指處理偶像身邊事務的經紀人團隊。

編舞家
☐ 안무가
安木嘎

作曲家
☐ 작곡가
掐狗嘎

作詞家
☐ 작사가
掐沙嘎

化妝師
☐ 메이크업 아티스트
美一摳　阿踢絲特

造型師
☐ 스타일리스트
絲他一里絲特

妝髮造型師
☐ 헤어 메이크업 코디네이트
黑喔　沒一摳　摳低餒一特

簡稱
헤메코
黑沒口

017

CHAPTER 1 K-pop

行程

回歸時的行程可是忙到讓人幾乎沒時間睡覺! 007~008

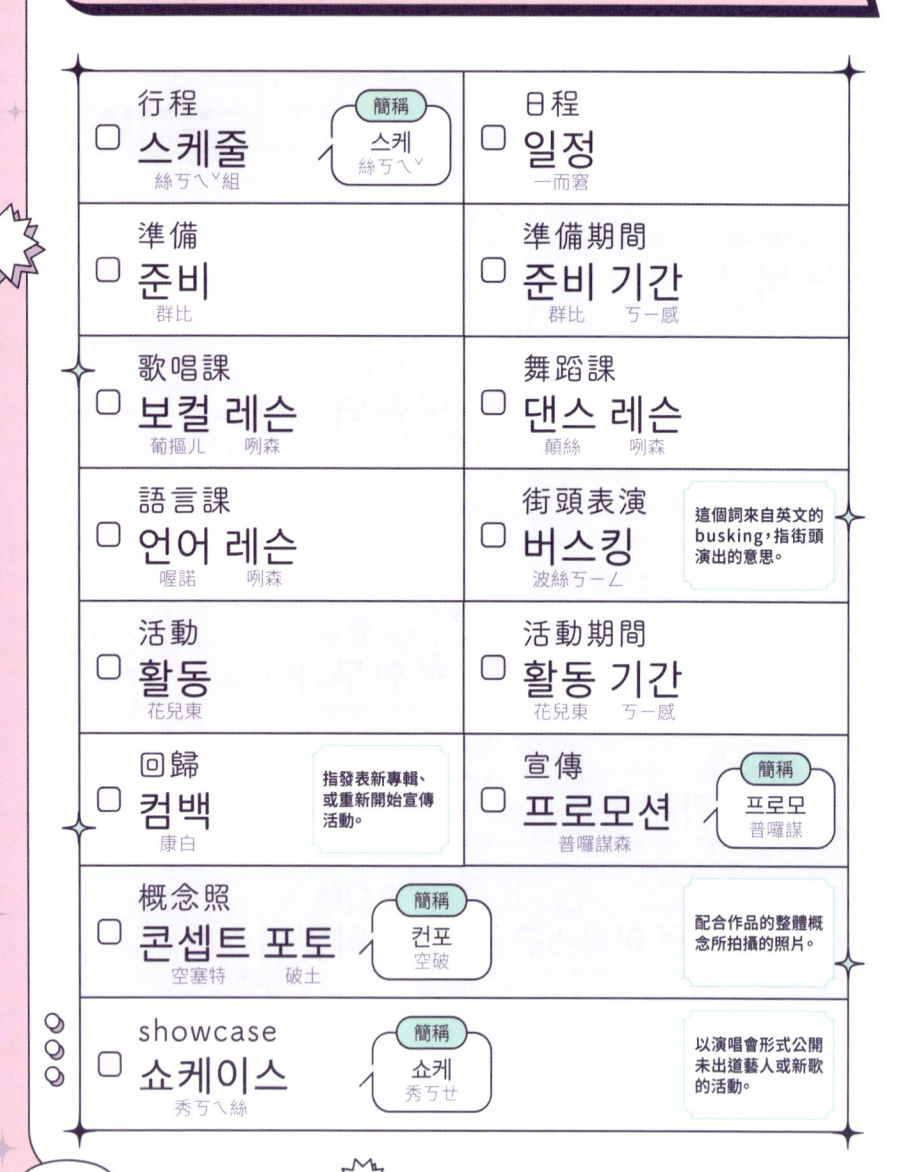

行程 ☐ 스케줄 絲ㄎㄟˇ組 （簡稱 스케 絲ㄎㄟˇ）	日程 ☐ 일정 一而窘
準備 ☐ 준비 群比	準備期間 ☐ 준비 기간 群比 ㄎㄧ感
歌唱課 ☐ 보컬 레슨 葡摳儿 咧森	舞蹈課 ☐ 댄스 레슨 顛絲 咧森
語言課 ☐ 언어 레슨 喔諾 咧森	街頭表演 ☐ 버스킹 波絲ㄎㄧㄥ （這個詞來自英文的 busking，指街頭演出的意思。）
活動 ☐ 활동 花兒東	活動期間 ☐ 활동 기간 花兒東 ㄎㄧ感
回歸 ☐ 컴백 康白 （指發表新專輯、或重新開始宣傳活動。）	宣傳 ☐ 프로모션 普囉謀森 （簡稱 프로모 普囉謀）
概念照 ☐ 콘셉트 포토 空塞特 破土 （簡稱 컨포 空破） （配合作品的整體概念所拍攝的照片。）	
showcase ☐ 쇼케이스 秀ㄎㄟ絲 （簡稱 쇼케 秀ㄎㄝ） （以演唱會形式公開未出道藝人或新歌的活動。）	

018

☐	錄音 **녹음** 諾梗	☐	攝影 **촬영** 差令永

也可指稱在錄音室中的錄音工作。

☐	電視 **티비** 梯比	☐	廣播 **라디오** 拉滴偶
☐	上班 **출근** 出而跟	☐	下班 **퇴근** 推跟
☐	上班路 **출근길** 出跟ㄍㄧ而	☐	下班路 **퇴근길** 推跟ㄍㄧ而

也指偶像在上下班途中被拍攝的照片與影像。

☐	訪談 **인터뷰** 因特比喻	☐	舞台問候 **무대 인사** 木代　因灑

簡稱　**인텁**　因特

演出或電影結束後的問候。

☐	活動 **행사** 嘿因灑	☐	開球儀式 **시구식** 西估洗
☐	大學校慶 **대학 축제** ㄊㄟ哈　秋介	☐	品牌活動 **브랜드 행사** 普冷的　嘿ㄥ灑

MEMO

粉絲引頸期盼！約一個月的「回歸期間」

在韓國偶像圈，「回歸」指新發表專輯後，重新開始宣傳活動。
在這一個月左右的回歸期間，偶像通常會參加音樂節目、簽售會、廣播節目等，為新歌做宣傳。宣傳結束後，會再次進入新專輯的製作準備。

CHAPTER 1　K-POP

019

CHAPTER 1 K-pop

新聞、醜聞

時而令人欣喜時而使人悲傷,眾所矚目的偶像大小事。 🔊009~010

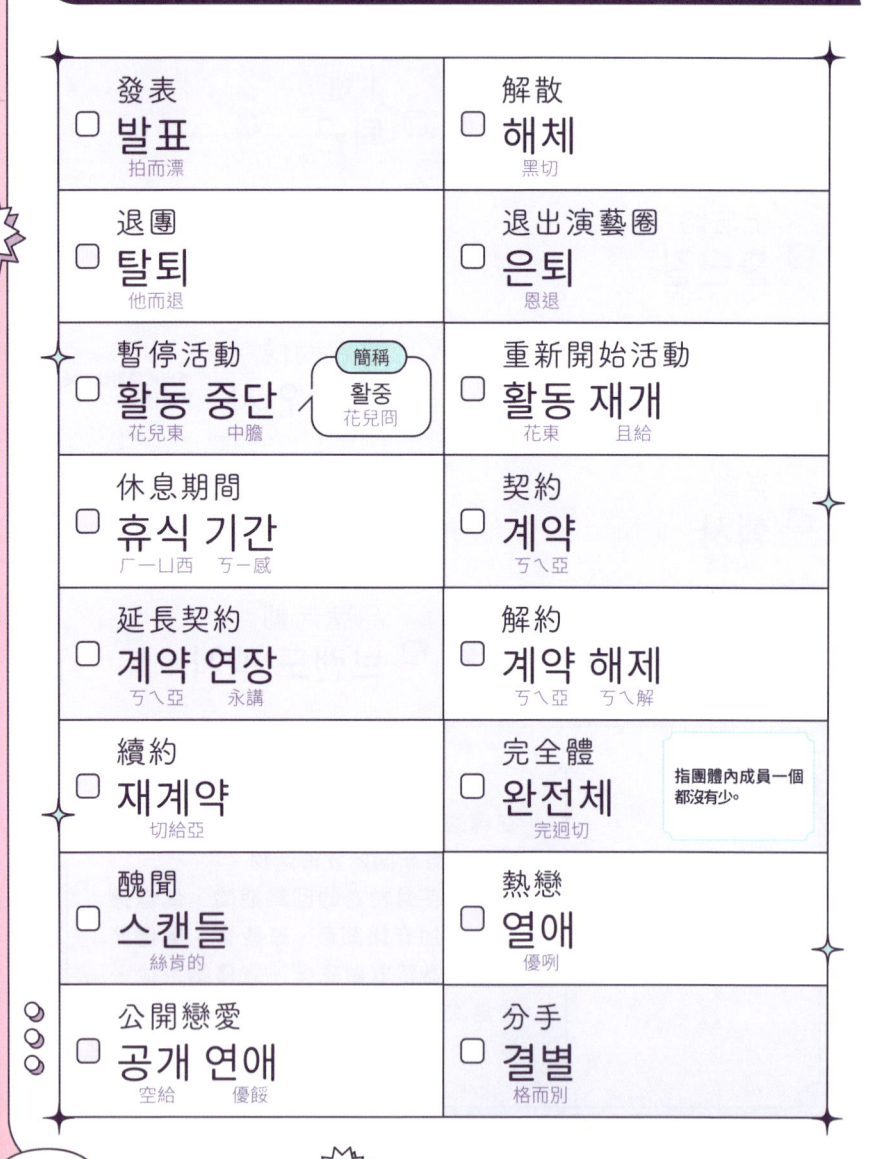

發表 **발표** 拍而漂	解散 **해체** 黑切
退團 **탈퇴** 他而退	退出演藝圈 **은퇴** 恩退
暫停活動 **활동 중단** 花兒東 中膽 簡稱 **활중** 花兒問	重新開始活動 **활동 재개** 花東 且給
休息期間 **휴식 기간** ㄏㄧㄨ西 ㄍㄧ感	契約 **계약** ㄎㄟ亞
延長契約 **계약 연장** ㄎㄟ亞 永講	解約 **계약 해제** ㄎㄟ亞 ㄎㄟ解
續約 **재계약** 切給亞	完全體 **완전체** 完迴切 指團體內成員一個都沒有少。
醜聞 **스캔들** 絲肯的	熱戀 **열애** 優咧
公開戀愛 **공개 연애** 空給 優餕	分手 **결별** 格而別

020

質疑(被懷疑發生某種醜聞) ☐ **의혹** 呃衣吼	校園暴力 ☐ **학교 폭력** 哈ㄍㄧㄡ 烹紐 〔簡稱〕**학폭** 哈捧
犯罪 ☐ **범죄** 捧追	不合傳聞 ☐ **불화설** 樸花搜 〔指特定成員關係交惡的傳聞。〕
爭議 ☐ **논란** 諾而攬	示威、抗議活動 ☐ **시위** 西舞以
國民請願 ☐ **국민 제안** 孤民 切安 〔指韓國國民透過請願網站向韓國政府提出請願。〕	偷拍 ☐ **도찰** 偷踹兒
跟蹤狂 ☐ **스토커** 絲偷摳	道歉文 ☐ **사과문** 沙瓜門
軍隊 ☐ **군대** 坤得	入伍 ☐ **입대** 一得
免役 ☐ **병역 면제** ㄆㄧ庸永 面解	退伍 ☐ **전역 / 제대** 芎永 切得 〔전역為「轉役」，指的是從現役軍人轉為預備役。〕
軍白期 ☐ **군백기** 坤北ㄍ以 〔指因為入伍而無法進行演藝活動的空白期間。〕	結束兵役的人 ☐ **군필자** 坤逼而甲

MEMO

偶像職涯轉捩點「七年魔咒」

韓國偶像通常會和經紀公司簽訂七年的專屬契約。因此在成團第七年容易出現解散或成員退團的情況，粉絲稱之為「七年魔咒」。

021

CHAPTER 1　K-pop

CD

販售方式、贈品、收錄歌曲數，與台灣有哪些不同之處呢？　011~012

> 漢字直譯為「音盤」，也可寫作英文外來語시디。

☐ CD
음반
恩板

☐ 特典（贈品）
특전
特窘

☐ 歌詞本
가사지
咖沙幾

☐ 寫真書
포토북
波偷補

022

發行／上市	專輯	韓國通常不會發行單曲，而是以專輯形式發行。
☐ 출시 出而喜	☐ 앨범 ㄟ囗蹦	
正規專輯	迷你專輯	
☐ 정규 앨범 衝ㄍㄧ屋　ㄟ囗蹦	☐ 미니 앨범 咪你　ㄟ囗蹦	
改版專輯	簡稱 리팩 里派	指已發行的作品加上額外曲目組成的專輯。
☐ 리패키지 앨범 里派ㄎㄧ吉　ㄟ囗蹦		
～輯	單曲	專輯的計算單位為輯。計算時應使用漢字數字(P.160)。
☐ 집 起	☐ 싱글 新葛而	
數位單曲	主打歌	
☐ 디지털 싱글 梯機特　醒葛而	簡稱 디싱 梯醒	☐ 타이틀곡 太貼一古
先行曲(預先公開的曲目)	後續曲	接續主打歌後用來做專輯宣傳的曲目。
☐ 선공개 곡 搔孔ㄎㄟ　古	☐ 후속곡 呼搜古	
翻唱曲	收錄曲	
☐ 커버곡 摳包古	☐ 수록곡 蘇ㄌㄡ古	
時間表	簡稱 탐테 湯去ㄟ	統整了預告公開日、專輯販售日等時程資訊的表格。
☐ 타임 테이블 他音　去ㄟ因補		
公開歌曲	優先販售	
☐ 음원 공개 恩抹　空給	☐ 선예매 松耶美	
預約販售	簡稱 예판 耶判	一般販售	簡稱 일예 移耶
☐ 예약 판매 耶押　判美		☐ 일반 예매 移般　耶美	

CHAPTER 1 K-POP

023

CHAPTER 1 K-pop

音樂

迷倒全世界的K-pop，所謂的「歌曲」到底是什麼呢？ ◀)013

音樂 ☐ 음악 恩馬	歌曲 ☐ 곡 ㅁ
音源 ☐ 음원 恩抹恩 （在韓國偶像文化中一般指（發佈於音源網站上的）數位音源。）	新歌 ☐ 신곡 新狗
名曲 ☐ 명곡 明永狗 （也可用流行語띵곡表達相同意思。）	作詞 ☐ 작사 掐傻
作曲 ☐ 작곡 掐狗	編曲 ☐ 편곡 偏狗
製作 ☐ 프로듀스 普囉丟絲	K-pop ☐ 케이팝 ㄎㄟ帕普
流行歌 ☐ 가요곡 卡優狗	抒情歌(Ballad) ☐ 발라드 趴拉的
流行音樂 ☐ 팝 帕普	嘻哈音樂 ☐ 힙합 ㄏ一趴
前奏 ☐ 인트로 因特囉	副歌 ☐ 후렴 呼ㄌ永

024

表演

精湛的表演是韓國偶像的魅力所在！ 🔊014

表演 □ 퍼포먼스 潑坡門絲 　簡稱→ 퍼포 潑坡	歌曲 □ 노래 奴咧
歌唱 □ 보컬 坡考兒	饒舌 □ 랩 咧ㄆ
舞蹈 □ 댄스 顛絲	跳舞 □ 춤 觸運
編舞 □ 안무 安母	撒嬌 □ 애교 欸ㄍㄧㄡ　在韓文語意上更接近「裝可愛」。
dance break □ 댄스 브레이크 顛絲　普累可　簡稱→ 댄브 顛普		指於歌曲間奏時安插的以舞蹈為主的表演。
刀群舞(整齊精準的舞蹈) □ 칼군무 開坤牡	칼(刀) 開 ＋ 군무(群舞) 坤牡
killing part □ 킬링파트 丂ㄧ拎怕特	歌曲中最讓人上癮或最讓人印象深刻的橋段。
舞台魅力 □ 끼 ㄍㄧ	粉絲福利(飯撒) □ 팬 서비스 偏　搜比絲　簡稱→ 팬썸 偏授

025

CHAPTER 1 K-pop

演唱會基本單字

來看看票券、座位種類等演唱會常用基本單字！ 015~016

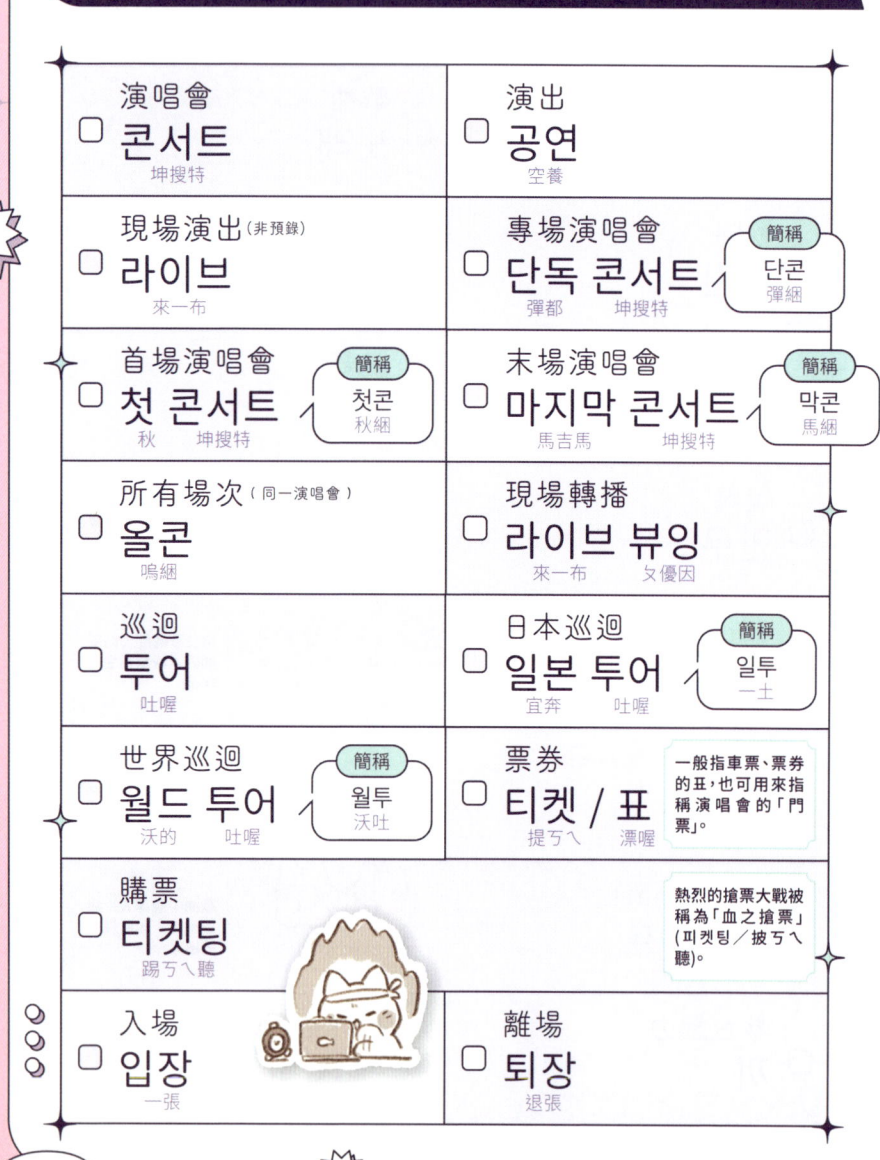

演唱會 □ 콘서트 坤搜特	演出 □ 공연 空養
現場演出（非預錄） □ 라이브 來一布	專場演唱會　　　簡稱 □ 단독 콘서트　단콘 彈都　坤搜特　彈綑
首場演唱會　　簡稱 □ 첫 콘서트　첫콘 秋　坤搜特　秋綑	末場演唱會　　　簡稱 □ 마지막 콘서트　막콘 馬吉馬　坤搜特　馬綑
所有場次（同一演唱會） □ 올콘 嗚綑	現場轉播 □ 라이브 뷰잉 來一布　夂優因
巡迴 □ 투어 吐喔	日本巡迴　　簡稱 □ 일본 투어　일투 宜奔　吐喔　一土
世界巡迴　　簡稱 □ 월드 투어　월투 沃的　吐喔　沃吐	票券 □ 티켓 / 표 提ㄎㄟ　漂喔	一般指車票、票券的표，也可用來指稱演唱會的「門票」。
購票 □ 티케팅 踢ㄎㄟ聽		熱烈的搶票大戰被稱為「血之搶票」(피케팅／披ㄎㄟ聽)。
入場 □ 입장 一張	離場 □ 퇴장 退張

026

區域 ☐ 구역 _{哭嗿}	~列 ☐ 열 _{唷儿}	表示「第一列」、「排成一列」的時候則使用줄。
位置 ☐ 자리 _{差裡}	座位 ☐ 좌석 _{抓叟}	
二樓座位 ☐ 2층석 _{一親叟}	三樓座位 ☐ 3층석 _{三親叟}	
演出場地 ☐ 공연장 _{空擁ㄅ掌}	舞台 ☐ 무대 _{木ㄉㄟ}	
螢幕 ☐ 스크린 _{絲ㄎ領}	演唱會歌單 ☐ 세트리스트 _{ㄙㄝ特里絲特}	簡稱 셋리 _{ㄙㄝ里}
安可演唱會 ☐ 앵콜 콘서트 _{欸ㄥ口兒 坤搜特}	簡稱 앵콘 _{恩綑}	
應援法 ☐ 응원법 _{恩溫波}	合唱 ☐ 떼창 _{ㄉㄟ場}	主要指「觀眾與歌手一起唱歌」。
應援牌 ☐ 플래카드 _{ㄆ咧卡得}	簡稱 플카 _{ㄆ兒卡}	指粉絲手作的應援用塑膠板。

MEMO

瞄準「葡萄粒」座位？

「可預訂的座位」有時會被稱作포도알（葡萄粒）。這是因為在購票時，還空著的座位會顯示為紫色，看起來就像一粒粒葡萄。

CHAPTER 1 — K-pop

CHAPTER 1 K-pop

歡呼、主持

如果能聽懂這些話，演唱會現場一定會更嗨！先背起來吧！ 🔊 017~018

舉起手來！
손 들어!
宋　　得囉

有想我嗎？
보고 싶었나요?
頗勾　　希潑哪唷

準備好了嗎？
준비 됐어요?
準逼　　腿搜唷

大家一起！
다 같이!
塔　嘎氣

028

再一次！
한 번 더!
憨 繃ㄅ偷

再大聲！
더 크게!
投 ㄎ給

拍手！
박수!
趴ㄎ速

尖叫聲！
소리 질러!
搜哩　機囉

跳起來！
뛰어!
地偶

CHAPTER 1

K-POP

CHAPTER 1 K-pop

應援扇

在應援扇上寫字,在演唱會上秀給偶像看! 🔊 019~020

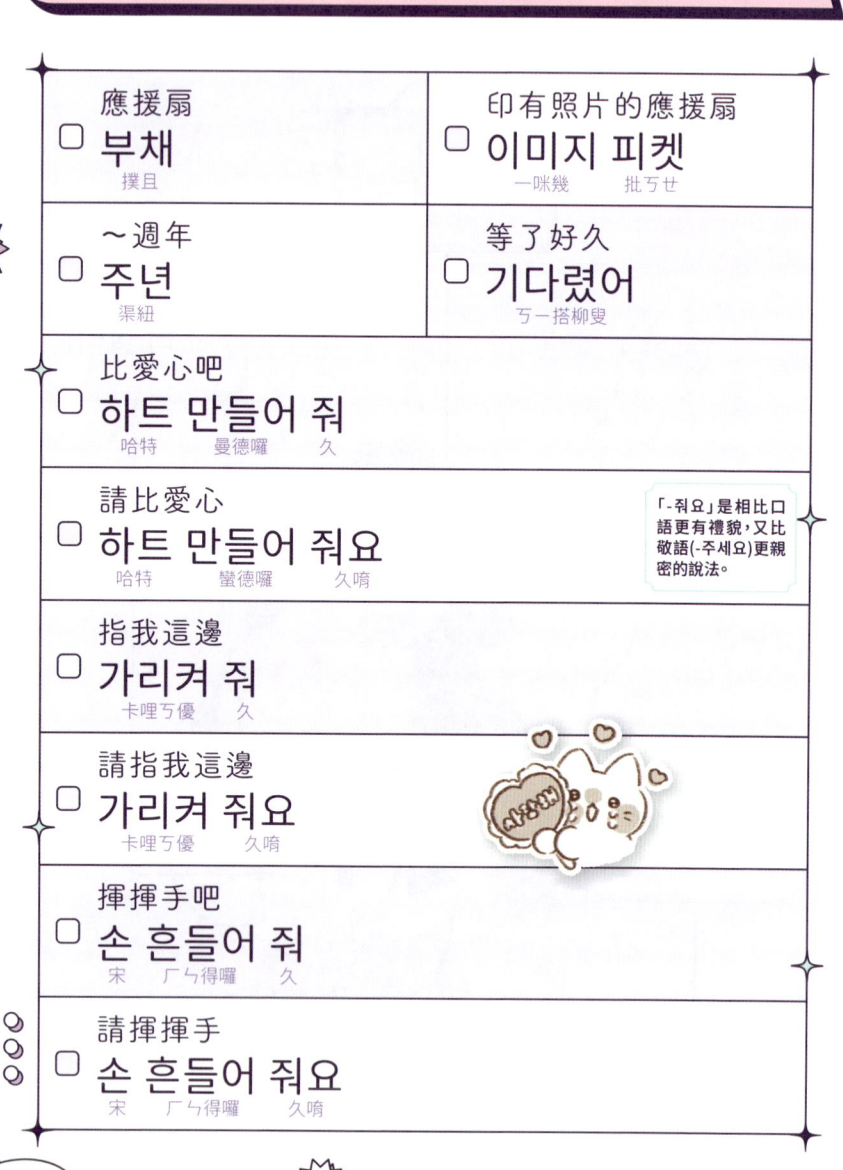

應援扇 ☐ 부채 撲且	印有照片的應援扇 ☐ 이미지 피켓 一咪幾　批丂せ
~週年 ☐ 주년 渠紐	等了好久 ☐ 기다렸어 丂一搭柳叟

比愛心吧
☐ 하트 만들어 줘
哈特　曼德囉　久

請比愛心
☐ 하트 만들어 줘요
哈特　蠻德囉　久唷

> 「-줘요」是相比口語更有禮貌,又比敬語(-주세요)更親密的說法。

指我這邊
☐ 가리켜 줘
卡哩丂優　久

請指我這邊
☐ 가리켜 줘요
卡哩丂優　久唷

揮揮手吧
☐ 손 흔들어 줘
宋　厂ㄣ得囉　久

請揮揮手
☐ 손 흔들어 줘요
宋　厂ㄣ得囉　久唷

☐	拋飛吻吧 **손 키스 해 줘** 宋　ㄎ一絲　黑　久
☐	請拋飛吻 **손 키스 해 줘요** 宋　ㄎ一絲　黑　久唷
☐	拋媚眼吧 **윙크 해 줘** 屋因克　黑　久
☐	請拋媚眼 **윙크 해 줘요** 屋因克　黑　久唷
☐	撒個嬌吧 **애교 해 줘** 欸ㄍ優　黑　久
☐	請撒個嬌 **애교 해 줘요** 欸ㄍ優　黑　久唷
☐	比個YA吧 **브이 해 줘** ㄆ依　黑　久	韓語中將勝利手勢稱為「V」。
☐	請比個YA **브이 해 줘요** ㄆ依　黑　久唷
☐	對我開槍吧 **나를 쏴 줘** 那ㄌ　ㄙㄨㄚ　久	這句話直譯是「請射中我」，是指讓偶像對自己比出槍的手勢，做出「砰砰」的動作。
☐	請對我開槍 **나를 쏴 줘요** 那ㄌ　ㄙㄨㄚ　久唷

031

CHAPTER 1 　 K-pop

周邊

在演唱會現場或官網購買喜歡的周邊！ 🔊 021~022

○ 周邊
굿즈
哭子

○ 應援手幅
슬로건
思囉狗ㄣ

印有偶像照片或姓名的紙或布條。

○ 應援棒、手燈
응원봉
恩溫捧

簡稱
포카
坡卡

○ 小卡
포토 카드
坡偷　卡ㄉ

032

官方周邊 ☐ **공식 굿즈** 空席　哭子　〔簡稱〕**공굿** 空苦	非官方周邊 ☐ **비공식 굿즈** 批公席　哭子　〔簡稱〕**비공굿** 批公苦
鑰匙圈 ☐ **키링** ㄎㄧ領	壓克力立牌 ☐ **아크릴 스탠드** 阿克哩力　絲攤德
T恤 ☐ **티셔츠** 踢休此	毛巾 ☐ **타월** 他我儿
隨機周邊 ☐ **랜덤 뽑기** 練等　波ㄍㄧˇ	由「隨機(random)」和「抽籤(뽑기)」組合而成的詞語。
	明信片 ☐ **포스트 카드** 破絲去　卡ㄉ
貼紙 ☐ **스티커** 絲踢可	海報 ☐ **포스터** 破絲去偶
場刊 ☐ **프로그램 북** ㄆ囉ㄍ連　補	收錄演唱會概念照、訪談等內容的小冊子。
拍立得 ☐ **폴라로이드** 破拉囉一ㄉ　〔簡稱〕**폴라** 破拉	免費應援物 ☐ **나눔** 那努　直譯為「分享」。
期間限定 ☐ **기간 한정** ㄎㄧ甘　憨囚	粉絲俱樂部限定 ☐ **팬클럽 한정** 偏克拉ㄅ　憨囚

> **MEMO**
>
> 「免費發放」偶像周邊的文化 ─── 韓國粉絲圈中，有在演唱會會場等地方免費發放自製周邊的文化。部分粉絲會以追蹤社群帳號為贈送條件，領取免費周邊之前記得先確認一下喔。

CHAPTER 1　K-POP

CHAPTER 1　K-pop

歌詞

下面選出了K-pop歌詞常用單字！ 023~024

歌詞 가사 咖灑	心、心情 마음 嗎嗯
夢 꿈 故门	幸福 행복 黑乙跛
滿足 만족 曼久	命運 운명 嗚ㄣ名永
過去 과거 誇狗	存在 존재 春解
話語、故事 이야기 一呀《一ˇ	魔法 마법 嗎保
雲 구름 哭冷	光 빛 匹
天空 하늘 哈ろ儿	青春 청춘 穹群
祕密 비밀 批密儿	請求 부탁 鋪塔

034

瞳孔 눈동자 努ㄅ東渣	微笑 미소 咪搜
煩惱 고민 摳敏	想法 생각 森嘎
謊言 거짓말 摳吉買ㄦ	理由 이유 一有
眼淚 눈물 努ㄅ木ㄦ	約定 약속 壓ㄎ搜ㄎ
特別 특별 特ㄎ表ㄦ	回憶 추억 出喔
視線 시선 西搜ㄅ	誠實地 솔직히 搜ㄦ吉ㄎー˅
記憶 기억 ㄎー喔	勇氣 용기 擁ㄍー˅
世界上 세상 ㄙせ桑	瞬間 순간 孫感
一生 평생 ㄆ擁ㄙせ˅	那天 그날 ㄎ那ㄦ
心情 기분 ㄎー本	從頭到腳 머리부터 발끝까지 某哩步偷 趴ㄦ個嘎幾

CHAPTER 1

K-POP

035

CHAPTER 1　K-pop

情 歌 歌 詞

不靠翻譯就能聽懂這些令人心動的歌詞，心情一定很棒♡　🔊 025

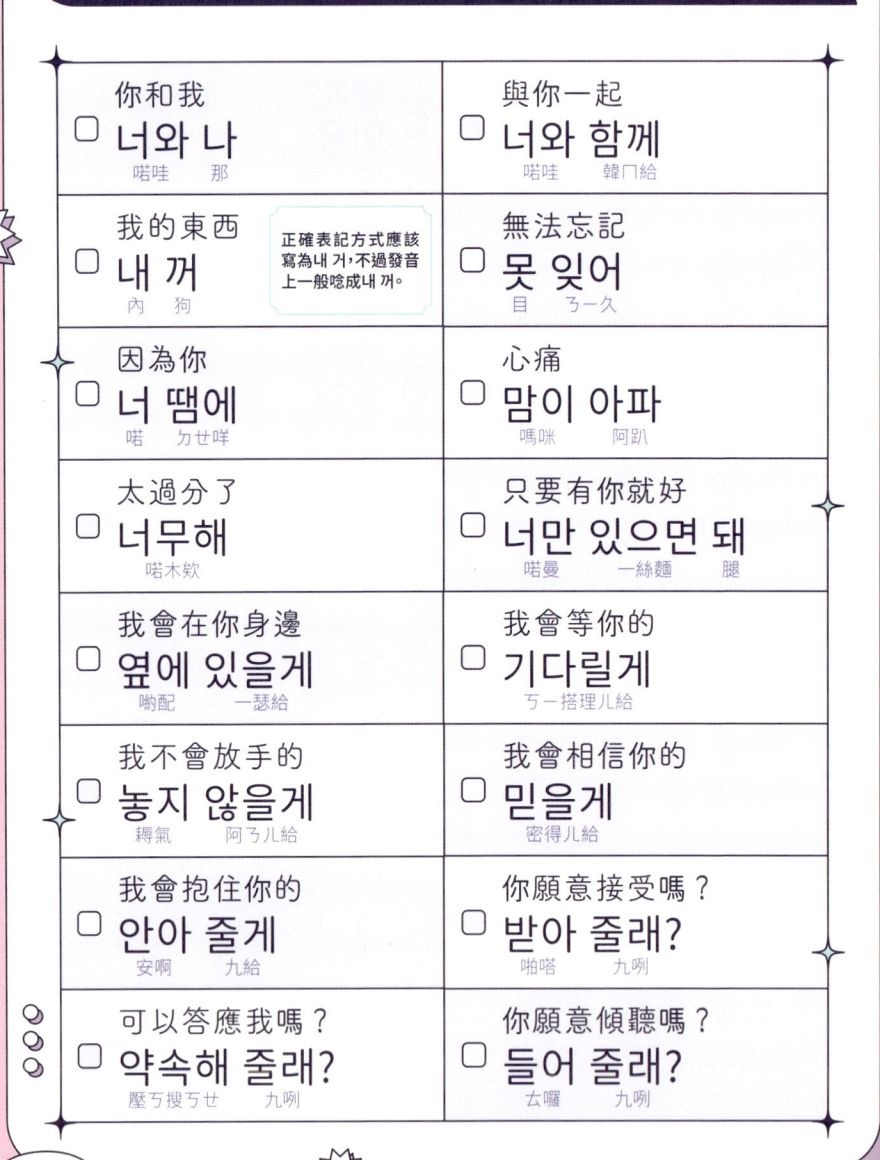

你和我 ☐ 너와 나 　　喏哇　　那	與你一起 ☐ 너와 함께 　　喏哇　　韓门給
我的東西 ☐ 내 꺼 　　內　狗　 （正確表記方式應該寫為내 거，不過發音上一般唸成내 꺼。）	無法忘記 ☐ 못 잊어 　　目　ㄐㄧㄡˊ
因為你 ☐ 너 땜에 　　喏　ㄉㄝ咩	心痛 ☐ 맘이 아파 　　嗎咪　阿趴
太過分了 ☐ 너무해 　　喏木欸	只要有你就好 ☐ 너만 있으면 돼 　　喏曼　一絲麵　腿
我會在你身邊 ☐ 옆에 있을게 　　喲配　一瑟給	我會等你的 ☐ 기다릴게 　　ㄎㄧ搭理ㄦ給
我不會放手的 ☐ 놓지 않을게 　　耨氣　阿ㄌㄦ給	我會相信你的 ☐ 믿을게 　　密得ㄦ給
我會抱住你的 ☐ 안아 줄게 　　安啊　九給	你願意接受嗎？ ☐ 받아 줄래? 　　啪嗒　九咧
可以答應我嗎？ ☐ 약속해 줄래? 　　壓ㄎ搜ㄎㄝ　九咧	你願意傾聽嗎？ ☐ 들어 줄래? 　　ㄊ囉　九咧

036

Girl Crush歌詞

迷倒女性的帥氣女子，擁有讓人逐漸沉迷的魅力！ 🔊026

依照我的心	這就是我
☐ 내 맘대로	☐ 이게 나야
內　嗎恩ㄉㄝ囉	一給　哪呀

無趣的規則	我會像我自己
☐ 재미없는 규칙	☐ 나는 나답게
切咪喔木能　丂一屋起	哪能　哪答ㄅ給

跟著心意走	不要膽怯
☐ 마음이 가는 대로	☐ 겁내지 마
馬嗯咪　咖能　代囉	孔內吉　馬

不要煩惱	不要搞錯了
☐ 고민하지 마	☐ 착각하지 마
摳民那吉　馬	掐嘎卡吉　馬

不要驚訝	說說看吧
☐ 놀라지 마	☐ 말해 봐
奴啦吉　馬	馬咧　拔

試著坦白點吧	試著鼓起勇氣吧
☐ 솔직해져 봐	☐ 용기 내 봐
搜ㄦ吉ㄎㄝ揪　拔	用ㄍ一　內　拔

不會停下	不會害怕
☐ 멈추지 않아	☐ 두렵지 않아
萌出機　阿拿	凸溜ㄅ吉　阿拿

不會在意	不會孤單
☐ 신경 쓰지 않아	☐ 외롭지 않아
新公　絲吉　阿拿	喂囉ㄅ吉　阿拿

CHAPTER 1

K-POP

037

column 令人一頭霧水的「縮略語」

「縮略語」指的是將文字縮到最少的簡稱用法,在非正式口語中經常會用到。來看看下面的範例吧。

🔊 027

中文	原形		縮略
老師	선생님 松生擰	➔	쌤 ㄙ世畎
課堂	수업 速喔ㄅ	➔	섭 嗽ㄅ
心、心情	마음 嗎嗯	➔	맘 嗎
明天	내일 內一ㄦ	➔	낼 內ㄦ
我們	우리 嗚哩	➔	울 嗚ㄦ
太	너무 啯木	➔	넘 濃
第一次	처음 抽嗯	➔	첨 抽
最	제일 切以ㄦ	➔	젤 竊ㄦ

CHAPTER 2

追星活動

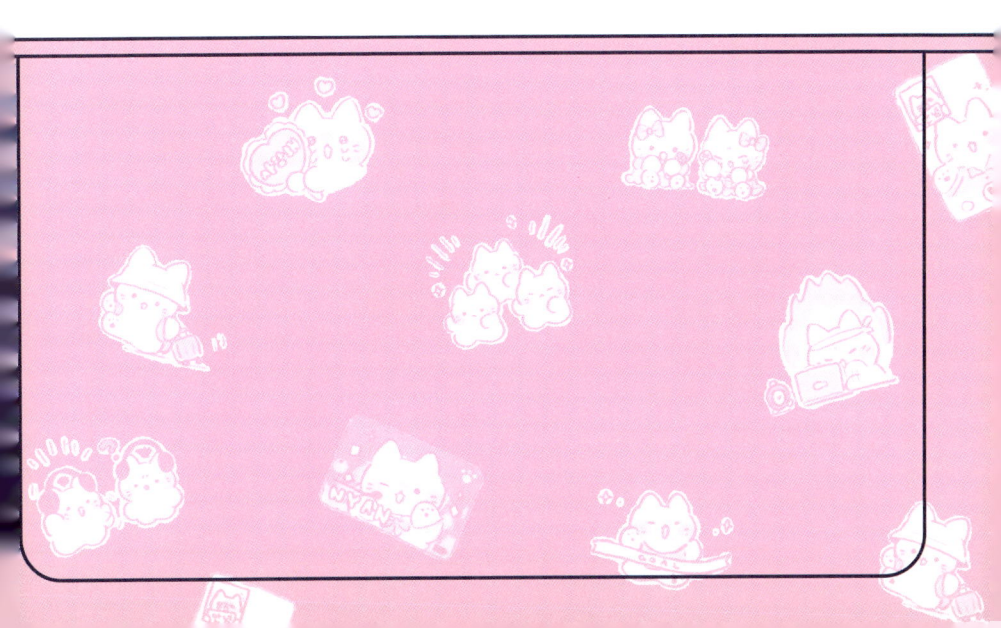

CHAPTER 2 追星活動

迷妹、迷弟

與迷妹、迷弟有關的單字竟然有這麼多！ 🔊 028~030

迷妹、迷弟 ☐ **덕후** 偷苦	來自於日語的「オタク(御宅)」，也可寫為오타쿠。	粉絲 ☐ **팬** 片	

粉絲圈 ☐ **팬덤** 篇等	英文新造詞fandom的韓語拼法。

追星 ☐ **덕질** 偷幾ㄦ	덕후(迷妹) 偷苦 + 질(行為) 幾ㄦ

暫停追星 ☐ **휴덕** ㄎ優抖	휴(休息) ㄏㄧㄨ + 덕후(迷妹) 偷苦

退坑 ☐ **탈덕** 太ㄦ抖	탈(脫離) 太ㄦ + 덕후(迷妹) 偷苦

重新入坑 ☐ **복덕** 卜抖	복(復) 卜 + 덕후(迷妹) 偷苦

入坑 ☐ **입덕** 一抖	입(進入) 一 + 덕후(迷妹) 偷苦

入坑否定期 ☐ **입덕 부정기** 一抖　哺囧ㄍㄧˇ	

040

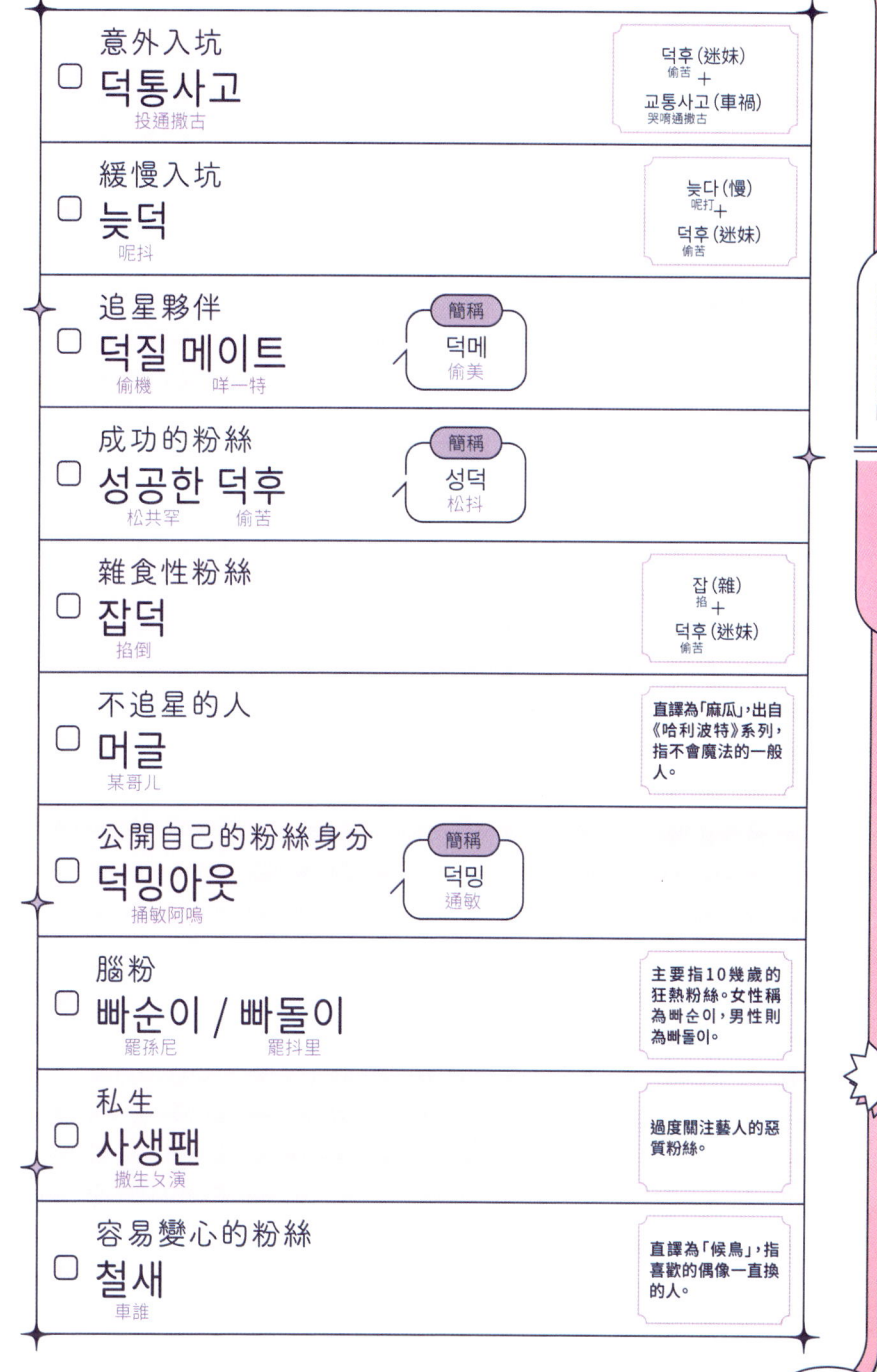

☐	意外入坑 **덕통사고** 投通撒古	덕후(迷妹) 偷苦 + 교통사고(車禍) 哭噴通撒古
☐	緩慢入坑 **늦덕** 呢抖	늦다(慢) 呢打 + 덕후(迷妹) 偷苦
☐	追星夥伴 **덕질 메이트** 偷機　咩一特	簡稱 덕메 偷美
☐	成功的粉絲 **성공한 덕후** 松共罕　偷苦	簡稱 성덕 松抖
☐	雜食性粉絲 **잡덕** 掐倒	잡(雜) 掐 + 덕후(迷妹) 偷苦
☐	不追星的人 **머글** 某哥兒	直譯為「麻瓜」，出自《哈利波特》系列，指不會魔法的一般人。
☐	公開自己的粉絲身分 **덕밍아웃** 捅敏阿嗚	簡稱 덕밍 通敏
☐	腦粉 **빠순이 / 빠돌이** 罷孫尼　罷抖里	主要指10幾歲的狂熱粉絲。女性稱為빠순이，男性則為빠돌이。
☐	私生 **사생팬** 撒生ㄆㄟㄣ	過度關注藝人的惡質粉絲。
☐	容易變心的粉絲 **철새** 車誰	直譯為「候鳥」，指喜歡的偶像一直換的人。

CHAPTER 2　追星活動

041

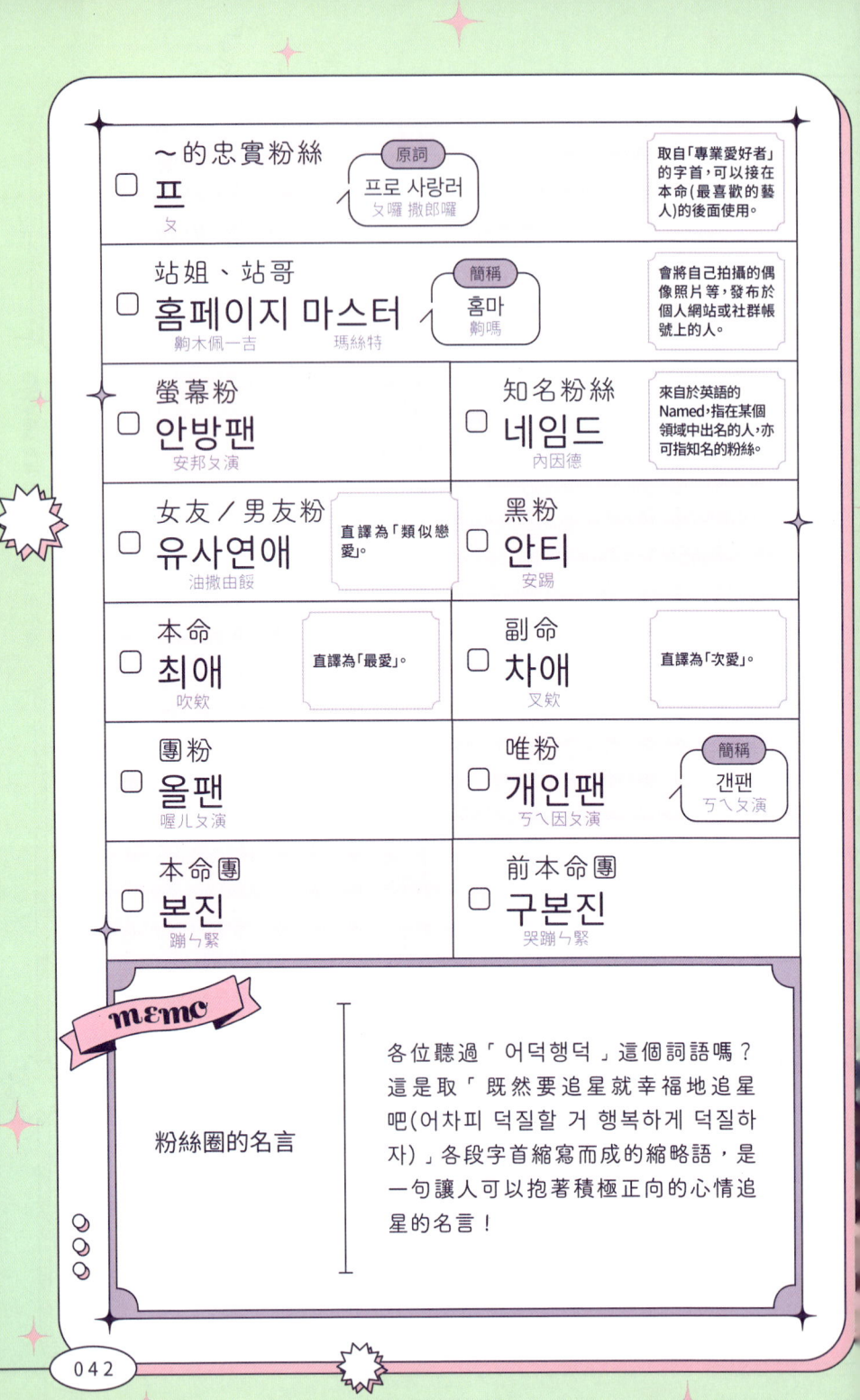

~的忠實粉絲 ☐ 프 ㄆ	原詞 프로 사랑러 ㄆ囉 撒郎囉		取自「專業愛好者」的字首，可以接在本命(最喜歡的藝人)的後面使用。
站姐、站哥 ☐ 홈페이지 마스터 齁木佩一吉　　瑪絲特	簡稱 홈마 齁嗎		會將自己拍攝的偶像照片等，發布於個人網站或社群帳號上的人。
螢幕粉 ☐ 안방팬 安邦ㄆ演		知名粉絲 ☐ 네임드 內因德	來自於英語的Named，指在某個領域中出名的人，亦可指知名的粉絲。
女友／男友粉 ☐ 유사연애 油撒由餒	直譯為「類似戀愛」。	黑粉 ☐ 안티 安踢	
本命 ☐ 최애 吹欸	直譯為「最愛」。	副命 ☐ 차애 叉欸	直譯為「次愛」。
團粉 ☐ 올팬 喔儿ㄆ演		唯粉 ☐ 개인팬 ㄎㄟ因ㄆ演	簡稱 갠팬 ㄎㄟㄆ演
本命團 ☐ 본진 蹦ㄣ緊		前本命團 ☐ 구본진 哭蹦ㄣ緊	

MEMO

粉絲圈的名言

各位聽過「어덕행덕」這個詞語嗎？這是取「既然要追星就幸福地追星吧(어차피 덕질할 거 행복하게 덕질하자)」各段字首縮寫而成的縮略語，是一句讓人可以抱著積極正向的心情追星的名言！

CHAPTER 2 追星活動

追星活動、應援

來介紹送本命禮物的「應援活動」與追星文化！ 🔊031

應援	逆應援
☐ 조공 秋拱	☐ 역조공 唷周拱

推坑		生日廣告	
☐ 영업 雍喔	一般也指「營業」之意。	☐ 생일 광고 生一ㄦ 光狗	粉絲圈有在偶像生日時自費刊登祝賀廣告的文化。

公車廣告	認證照	
☐ 래핑 버스 咧拼 罷絲	☐ 인증샷 印爭蝦	收到禮物的偶像將照片上傳至社群平台。

小卡禮儀照	
☐ 예절샷 耶折ㄦ蝦	指將偶像小卡放在食物等物品旁一起拍照的行為。

生日時間應援	
☐ 생일시 生一ㄦ西	將偶像的生日日期數字轉換為時間，並於該時間發文。

衝 (音源榜、銷量等)	簡稱	
☐ 총공격 衝共ㄍㄧㄝㄍ	총공 衝拱	粉絲同時在網路上一起進行應援的行為。

線下活動	簡稱	
☐ 오프 喔普	오프라인 喔噗拉飲	泛指線下粉絲聚會到簽名會等各種線下的集會。

偶像同款	
☐ 손민수 宋民ㄙㄨˇ	源自某漫畫中愛模仿主角的角色。

043

CHAPTER 2 追星活動
直播基本單字

用韓文留言的話,被偶像回覆的機率也許會提高喔! 🔊 032~033

□ 直播
라이브방송
賴一ㄆ邦送

簡稱
라방
拉榜

□ 大家在做什麼呢?
여러분 뭐 하고 있어요?
唷囉不ㄣ 摸 哈勾 一搜唷

□ 請留言。
댓글 달아 주세요.
ㄊㄝ個儿 搭拉 主ㄙㄝ唷

Instagram 直播
인스타 라이브
銀撕他　來一捕

簡稱
인라
音喇

Weverse 直播
위버스 라이브
喂波絲　來一捕

簡稱
위라
喂喇

Weverse是一個韓國粉絲社群平台。

YouTube 直播
유튜브 라이브
魚梯淤ㄅ　來一捕

CHAPTER 2
追星活動

045

CHAPTER 2 追星活動

問問題

從常見問題到可替換內容的固定句型，
來學如何從不同角度向偶像問問題！

🔊 034~038

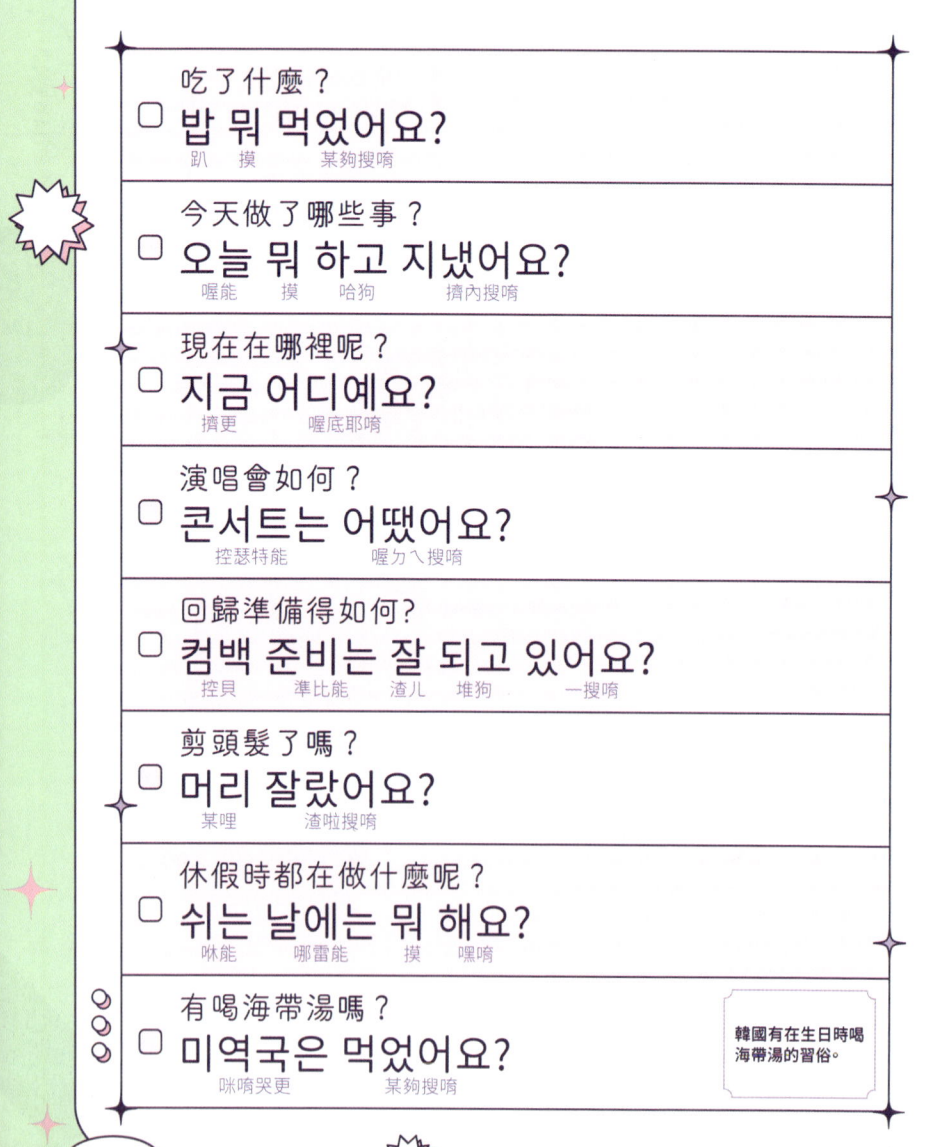

- 吃了什麼？
  밥 뭐 먹었어요?
  趴　摸　某夠搜喲

- 今天做了哪些事？
  오늘 뭐 하고 지냈어요?
  喔能　摸　哈狗　擠內搜喲

- 現在在哪裡呢？
  지금 어디예요?
  擠更　喔底耶喲

- 演唱會如何？
  콘서트는 어땠어요?
  控瑟特能　喔为ㄟ搜喲

- 回歸準備得如何？
  컴백 준비는 잘 되고 있어요?
  控貝　準比能　渣儿　堆狗　一搜喲

- 剪頭髮了嗎？
  머리 잘랐어요?
  某哩　渣啦搜喲

- 休假時都在做什麼呢？
  쉬는 날에는 뭐 해요?
  咻能　哪雷能　摸　嘿喲

- 有喝海帶湯嗎？
  미역국은 먹었어요?
  咪喲哭更　某夠搜喲

> 韓國有在生日時喝海帶湯的習俗。

替換句型

你喜歡什麼**食物**呢？
좋아하는 음식이 뭐예요?
啾啊哈能　嗯西ㄍㄧ　摸耶喲

- 酒
  술이
  蘇哩

- 零食
  과자가
  誇渣嘎

- 季節
  계절이
  ㄎㄝˇ啾哩

- 動畫
  애니가
  欸尼嘎

  > 애니是애니메이션(animation)的縮略語。

- 角色
  캐릭터가
  ㄎㄝ哩特嘎

- 中文
  중국어가
  中咕勾嘎

- 編舞
  안무가
  安目嘎

- 服裝
  의상이
  ㄜ伊桑以

- 專輯收錄曲
  앨범 수록곡이
  欸儿蹦　宿摟勾ㄍㄧ

※以上替換詞基本上都有包含搭配的助詞

047

替換句型

最近背的中文是什麼？
요즘 외운 중국어가 뭐예요?
啥真　喂溫　中咕勾嘎　摸欸嗨

☐ 今天的TMI
오늘의 티엠아이가
喔能哩　梯欸嗎一嘎

> TMI=Too Much Information，指「不重要的額外資訊」。

☐ 最近迷上的東西
요즘 빠져 있는 게
啥真　麗啾　一嫩　給

☐ 在台灣想吃的食物
대만에서 먹고 싶은 게
ㄊㄟ滿欸搜　摸勾　西噴　給

☐ 現在最想要的東西
지금 가장 갖고 싶은 게
擠哏　卡張　嘎狗　喜噴　給

☐ 人生電影
인생 영화가
因生　擁花嘎

> 韓語中經常會以「人生○○」形容「人生中最棒的○○」。

☐ 常用的香水
자주 쓰는 향수가
叉朱　絲能　香酥嘎

☐ 手機桌布
폰 배경화면이
碰ㄣ　培ㄍ擁花咪優你

☐ 把自己比喻為動物的話
자신을 동물로 표현한다면
掐新能　棟木摟　剖煙憨搭綿

☐ 團內流行的東西
그룹 내에서 유행하는 게
克嚕碰　內欸搜　優行哈能　給

※以上替換詞基本上都有包含搭配的助詞

048

替換句型

跟你最親近的成員是誰？
가장 친한 멤버는 누구예요?
　　嘎醬　親哈嗯　　悶波嗯　　努咕耶唷

你憧憬的人物
☐ **롤 모델은**
　嚕　摸ㄉㄟ愣ㄣ

> 意指「令人憧憬的對象」或「符合自身理想型的人」。

你想合作的藝人
☐ **콜라보하고 싶은 아티스트는**
　　摳啦波哈狗　　喜噴　阿踢絲特嫩

你最近最關注的藝人
☐ **요즘, 가장 주목하는 아티스트는**
　唷金恩　卡張　啾摸卡能　　阿踢絲特嫩

在飯店和你同房的成員
☐ **호텔 룸메이트는**
　厚特　　魯咪一特嫩

你覺得是天才的成員
☐ **천재라고 생각하는 멤버는**
　蔥加拉鉤　　生嘎卡能　　悶波嫩

擅長說謊的成員
☐ **거짓말을 잘하는 멤버는**
　　扣吉馬了　掐拉能　　悶波嫩

愛哭的成員
☐ **눈물이 많은 멤버는**
　嫩木哩　馬嫩嗯　悶波嫩

心智年齡高的成員
☐ **정신 연령이 높은 멤버는**
　充新　有溜因　諾噴嗯　悶波嫩

你想一起去旅行的成員
☐ **같이 여행 가고 싶은 멤버는**
　卡七　優行　嘎狗　喜噴嗯　悶波嫩

※以上替換詞基本上都有包含搭配的助詞

CHAPTER 2　追星活動

049

替換句型

你有 **下次想染的髮色** 嗎？
다음에 하고 싶은 머리 색이 있어요?
　　　　　搭嗯咩　　哈狗　　喜噴　某哩　賽ㄍㄧ　以搜唷

- [ ] 消除壓力的方法
  스트레스 해소법이
  　絲特累絲　　　黑搜波比

- [ ] 想改掉的壞習慣
  고치고 싶은 버릇이
  　苦七摳　　喜噴　　波ㄌ西

- [ ] 想去的旅行地點
  가 보고 싶은 여행지가
  　嘎　波摳　喜噴　優哼擠嘎

- [ ] 理想型
  이상형이
  　伊桑ㄏㄩㄥ伊

- [ ] 想嘗試的主題
  해 보고 싶은 콘셉트가
  　嘿　波摳　喜噴　控塞特嘎

- [ ] 想翻唱的歌曲
  커버해 보고 싶은 곡이
  　柯波嘿　波摳　喜噴　勾ㄍㄧ

- [ ] 錄音小插曲
  레코딩 에피소드가
  　勒摳丁　　ㄟ屁搜德嘎

- [ ] 拍攝幕後花絮
  촬영 비하인드가
  　踹ㄋ庸　必哈因德嘎

  > 비하인드來自於英文的behind，意指「幕後故事」。

- [ ] 成員們之間的流行語
  멤버들 사이에서 유행어가
  　悶波得儿　撒一耶搜　優黑喔嘎

※以上替換詞基本上都有包含搭配的助詞

CHAPTER 2 追星活動

二選一遊戲

韓國流行的「Balance Game(二選一遊戲)」提問範例！ 🔊039

- 狗 vs 貓
  ☐ 강아지 vs 고양이
  　康阿擠　　　摳央以

- 打電話 vs 傳訊息
  ☐ 전화 vs 문자
  　穹ㄏㄨㄚˇ　悶甲

  > 文字直譯為「文字」。也可以指電子郵件或簡訊。

- 夏天 vs 冬天
  ☐ 여름 vs 겨울
  　唷冷　　　ㄎㄧㄡ舞儿

- 山 vs 海
  ☐ 산 vs 바다
  　散　　　啪搭

- 燒酒 vs 啤酒
  ☐ 소주 vs 맥주
  　搜啾　　　咩啾

- 炸醬麵 vs 炒碼麵
  ☐ 짜장면 vs 짬뽕
  　家將綿　　　將蹦

- 可樂 vs 汽水
  ☐ 콜라 vs 사이다
  　摳啦　　　撒一搭

- 時光機 vs 透明人
  ☐ 타임머신 vs 투명인간
  　他因某醒　　　兔敏央因感

051

CHAPTER 2 追星活動

提出要求

說不定本命會實現你的願望!? 🔊 040~043

- [ ] 請劇透新專輯的內容。
  앨범 스포 해 주세요.
  欸蹦　絲波　嘿　揪絲ㄟˇ喑

  > 「劇透」스포是英文spoiler(=스포일러)的縮略語。

- [ ] 請唱一小段就好。
  한 소절만 불러 주세요.
  汗　搜折ㄦ蠻　撲摟　揪絲ㄟˇ喑

- [ ] 請發表一句音樂節目一位感想。
  음방 1위가 된 소감 한 마디.
  嗯邦　一哩嘎　推　搜感　汗　馬地

- [ ] 請做ASMR。
  에이에스엠알 해 주세요.
  欸一欸絲買　嘿　揪絲ㄟˇ喑

  > 讓偶像拿手邊現有的物品做ASMR。

- [ ] 請做morning call。
  모닝콜 해 주세요.
  牡寧哭ㄦ　嘿　揪絲ㄟˇ喑

- [ ] 請推薦晚餐給我。
  저메추 해 주세요.
  啾咩出　嘿　揪絲ㄟˇ喑

  > 讓偶像建議自己要吃什麼食物。

- [ ] 請定格讓我們截圖。
  캡처 타임 주세요.
  ㄎㄟ邱　他因　揪絲ㄟˇ喑

  > 캡처 타임直譯為「capture time(截圖時間)」，韓語中將截圖稱為capture。

- [ ] 請拋媚眼。
  윙크 해 주세요.
  屋因克　黑　揪絲ㄟˇ喑

052

請做三種撒嬌動作。
☐ 애교 3종 세트 해 주세요.
　欸ㄍㄧㄡ　三窘　賽特　嘿　揪絲ㄟˇ喲

請摸摸我的頭。
☐ 머리 쓰담쓰담 해 주세요.
　某哩　絲啖絲啖　嘿　揪絲ㄟˇ喲

請跟我結婚。
☐ 결혼해 주세요.
　ㄎㄧ優掄捏　揪絲ㄟˇ喲

請跟我交往。
☐ 나랑 사귀어 주세요.
　拿浪　撒ㄍㄧ喔　揪絲ㄟˇ喲

請當我男友/女友十秒就好。
☐ 10초만 내 남친이/여친이 돼 주세요.
　西撲秋蠻　內　南親ㄧ　優親ㄧ　堆　揪絲ㄟˇ喲

請讓我心動。
☐ 심쿵 시켜 주세요.
　心空　希ㄎㄧ喔　揪絲ㄟˇ喲

請說中文。
☐ 중국어를 말해 주세요.
　中咕喔ㄌ　馬咧　揪絲ㄟˇ喲

快要考試了，請祝我考試順利。
☐ 곧 시험인데, 잘 보게 기도해 주세요.
　苦　西轟敏ㄉㄟ　柴　波給　ㄎㄧ多嘿　揪絲ㄟˇ喲

CHAPTER 2　追星活動

memo
不知道該吃什麼的時候

本篇介紹的저메추是「晚餐菜單推薦（저녁 메뉴 추천）」的縮略語。第一次看到這個詞可能看不太懂，不過近幾年很流行這樣的簡稱方法。

053

替換句型

請告訴我你的**休假日常**。
쉬는 날 루틴을 알려 주세요.
　　　　　需能　哪儿　盧廳呢　撗溜　揪絲ㄟˇ喑

早晨日常
☐ **모닝 루틴을**
　　牡寧　　盧廳呢

皮膚變好的方法
☐ **피부가 좋아지는 법을**
　　批補嘎　　球啊吉能　　波ㄅ

成員也不知道的祕密
☐ **멤버도 모르는 비밀을**
　　悶波都　　摸嚕能　　皮密了

最近常聽的歌曲
☐ **요즘 자주 듣는 노래를**
　　喑真　掐啾　特能　奴雷了

人生戲劇
☐ **인생 드라마를**
　　因生　　特拉馬了

酒量
☐ **주량을**
　　啾量了

> 주량直譯即為「酒量」。偶像通常會回答自己能喝多少瓶燒酒。

座右銘
☐ **좌우명을**
　　抓嗚名了

今年目標
☐ **올해 목표를**
　　喔雷　　摸漂了

（請教我說）○○方言
☐ **○○ 사투리를**
　　　　撒兔哩了

> ○○內請填入偶像的出生地。

※以上替換詞基本上都有包含搭配的助詞

054

替換句型

請讓我看你的**撒嬌**！
애교를 보여 주세요!
欸ㄍ優了　坡呦　揪絲ㄟˇ唷

肌肉
☐ 근육을
　肯ㄋ優ㄍ

腹肌
☐ 복근을
　剖根ㄋ

桌布
☐ 배경화면을
　培ㄍ優花咪優ㄋ

手機殼
☐ 폰 케이스를
　碰　ㄎㄟ伊絲了

酒窩
☐ 보조개를
　坡揪ㄍㄝ了

睫毛
☐ 속눈썹을
　松嫩搜ㄅ

近臉
☐ 가까이서 얼굴을
　咖蓋一搜　喔估ㄌ

最有自信的臉蛋
☐ 제일 자신있는 얼굴을
　切一　掐新一能　喔估ㄌ

最可愛的姿勢
☐ 제일 귀여운 포즈를
　切一　ㄎ淤唷溫　坡姿了

※以上替換詞基本上都有包含搭配的助詞

CHAPTER 2
追星活動

055

CHAPTER 2 追星活動

表達感謝、祝賀

謝謝你們以偶像歌手的身分活動！ 🔊 044~045

替換句型

謝謝你**出道**。
데뷔해 줘서 고마워요.
得比嘿　揪搜　摳嗎窩唷

- [ ] 成為歌手
  가수가 되어 줘서
  咖數嘎　堆喔　桌搜

- [ ] 來台灣
  대만에 와 줘서
  ㄊㄟ滿欸　瓦　桌搜

- [ ] 撐過辛苦的時期
  힘든 시기를 견뎌내 줘서
  ㄏㄧㄥ頓　錫ㄍㄧ了　肯丟內　桌搜

- [ ] 和我出生在同個時代
  같은 시대에 태어나 줘서
  嘎特嗯　錫得欸　貼喔那　桌搜

- [ ] 總是展現好的模樣
  항상 좋은 모습을 보여 줘서
  夯桑　左嗯　木四波　撲唷　桌搜

- [ ] 給我幸福的時光
  행복한 시간을 줘서
  嘿卜勘　錫嘎能　桌搜

- [ ] 展現帥氣的舞台
  멋진 무대를 보여 줘서
  摸金　木得了　坡唷　桌搜

056

替換句型

恭喜你**生日**！（生日快樂！）
생일 축하해요!
生一　　出咖嘿唷

☐ 出道一週年
데뷔 1주년
去ㄟ逼　一啾ㄋ養

☐ 出道100天
데뷔 100일
去ㄟ逼　培ㄍ以

☐ 拿到音樂節目一位
음악방송 1위
嗯嗎邦送　一魯以

☐ 初動（專輯首週銷售量）達到100萬張
초동 100만장
粗動　培滿漲

☐ 達到100萬次播放量
100만뷰
陪滿比與

☐ 參演電視劇
드라마 출연
特拉馬　區柳

☐ 學校畢業
학교 졸업
哈ㄍ優　渴了

MEMO

祝賀時
吃的東西

韓國有在生日時喝海帶湯、在畢業典禮後吃炸醬麵的習慣。各位不妨試著問問看當天生日或剛參加完畢業典禮的偶像：「有沒有吃海帶湯／炸醬麵？」

CHAPTER 2　追星活動

CHAPTER 2 追星活動

稱讚

用盡所有自己會的韓語來瘋狂稱讚偶像！ 🔊 046~049

簡稱
남주
南啾

男主角
남자 주인공
南家　啾因貢

長得好帥。
잘생겼어요.
柴生ㄍ優撒喲

好帥氣。
멋있어요.
摸西撒喲

是美男。
미남이에요.
咪南迷欸喲

058

簡稱
여주
優啾

女主角
여자 주인공
優家　啾因貢

比起稱讚外表，更常用來稱讚對方的動作或撒嬌表情很可愛。

好可愛。
귀여워요.
丂優窩唷

好漂亮。
아름다워요.
阿倫搭窩唷

好美。
예뻐요.
耶波唷

CHAPTER 2
追星活動

059

你很有魅力耶。
☐ 매력이 있네요..
　　妹溜ㄍㄧ　　以內唷

你好溫柔喔。
☐ 너무 다정하네요.
　　諾木　　塔終哈內唷

你品味很好耶。
☐ 센스가 좋네요.
　　仙絲嘎　　糠內唷

你的風格很棒耶。
☐ 스타일이 좋네요.
　　絲他一哩　　群內唷

你的中文很流利呢。
☐ 중국어를 잘하시네요.
　　中咕喔哩　　查拉西內唷

你的個子真的好高喔。
☐ 키가 정말 크네요.
　　ㄎㄧ嘎　　中馬　　克內唷

你的臉真的好小喔。
☐ 얼굴이 정말 작네요.
　　喔咕哩　　中馬　　掐內唷

我以哥哥你為榮。
☐ 오빠가 자랑스러워요.
　　喔罷嘎　　掐浪絲了窩唷

我還以為是王子／公主呢！
☐ 왕자님 / 공주님 인줄 알았어요!
　汪將尼　　空軍尼　　因啾　阿啦搜唷

就像天使一樣呢。
☐ 마치 천사 같네요.
　　馬七　　串撒　　嘎內唷

- 今天舞台很帥氣！
  오늘 무대 멋있었어요!
  喔能　　木得　　　　摸西搜叟喲

- 不愧是我們隊長！
  역시 우리 리더!
  唷西　　嗚哩　　哩都

- 這次的專輯，有很多我最愛的歌。
  이번 앨범, 최애곡이 많아요.
  一崩　　欸繃　　催欸勾一　　　馬那喲

- 高音部分讓我起雞皮疙瘩了！
  고음 부분에서 소름 돋았어요!
  摳嗯　　補摸內搜　　　搜棱　　托搭搜喲

- 我太喜歡這次的概念。
  이번 콘셉트 너무 좋아요.
  一蹦　　控塞特　　諾木　　揪挖喲

- 黑髮超適合你的。
  까만 머리 너무 잘 어울려요.
  嘎蠻　　某哩　　諾木　　渣啦　　喔嗚哩喲

- 你努力的樣子很帥氣。
  노력하는 모습이 멋져요.
  諾溜卡能　　木思比　　摸啾喲

- 歌唱、舞蹈、饒舌都很完美呢！
  노래, 춤, 랩, 다 완벽하네요!
  努雷　　充　　勒　　塔　　完ㄅㄧㄡ卡內喲

- 你為什麼長得這麼帥呢？
  왜 이렇게 잘생겼어요?
  唯　　一簍ㄎㄟ　　柴生勾撒喲

- 因為你太漂亮了，讓我說不出話來。
  너무 아름다워서 말이 안 나와요.
  諾木　　阿倫搭窩搜　　馬哩　　安　　那哇喲

CHAPTER 2 追星活動

表達愛意

可以在短時間內確切傳達愛意的短句！ 🔊050~051

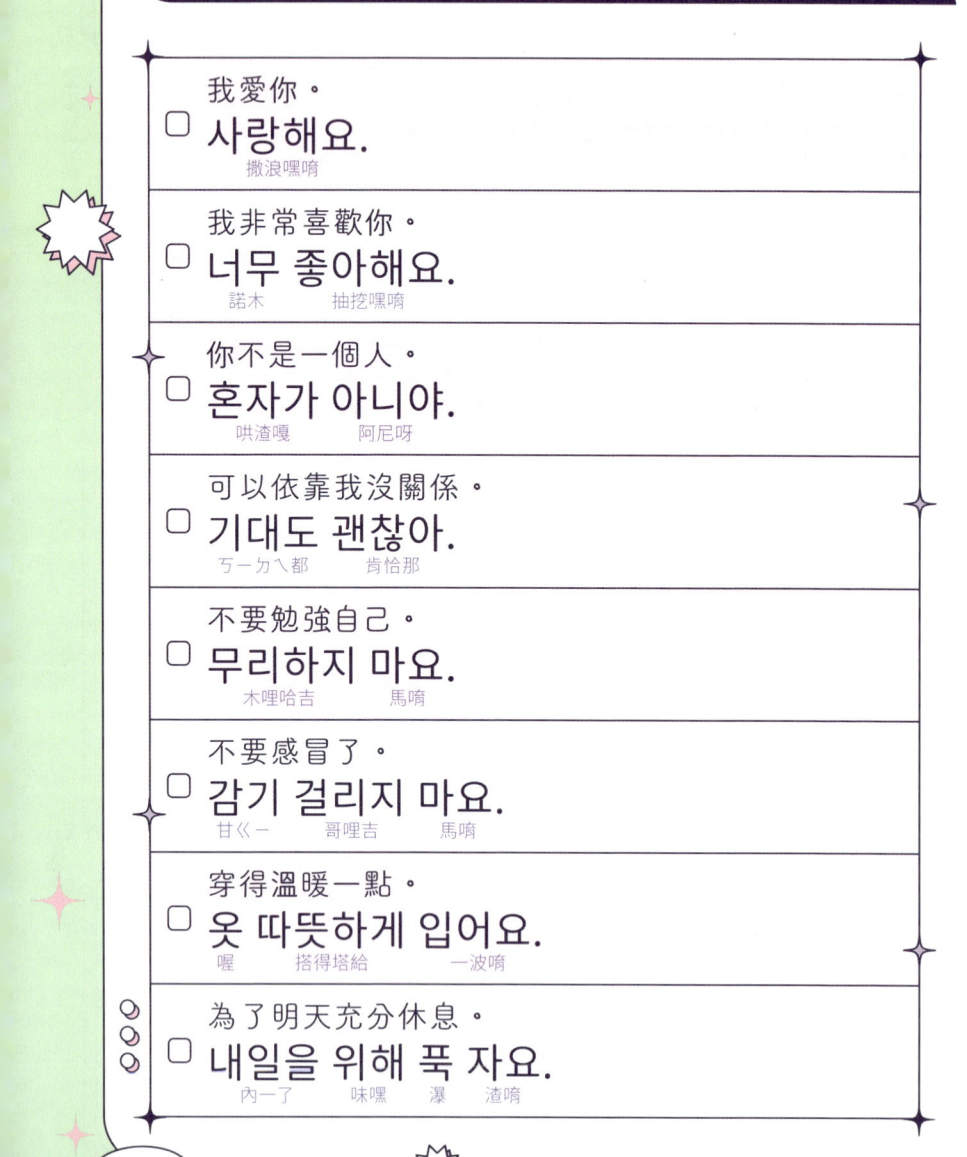

- [ ] 我愛你。
  사랑해요.
  撒浪嘿喲

- [ ] 我非常喜歡你。
  너무 좋아해요.
  諾木　抽挖嘿喲

- [ ] 你不是一個人。
  혼자가 아니야.
  哄渣嘎　阿尼呀

- [ ] 可以依靠我沒關係。
  기대도 괜찮아.
  ㄎㄧ-ㄉㄟ都　肯恰那

- [ ] 不要勉強自己。
  무리하지 마요.
  木哩哈吉　馬喲

- [ ] 不要感冒了。
  감기 걸리지 마요.
  甘ㄍ-　哥哩吉　馬喲

- [ ] 穿得溫暖一點。
  옷 따뜻하게 입어요.
  喔　搭得塔給　一波喲

- [ ] 為了明天充分休息。
  내일을 위해 푹 자요.
  內一了　味嘿　瀑　渣喲

062

- [ ] 我會一直在你身邊。
  언제까지나 네 곁에 있을게.
  嗯接嘎吉那　內　哥ㄣ　一絲給

- [ ] 一定會很順利的！
  꼭 잘 될거야!
  摳　渣　堆哥呀

- [ ] 只走花路吧。
  꽃길만 걷자.
  摳給螢　勾渣

  意為「希望未來遇到的都是好事」。

- [ ] 一起前行吧。
  같이 걸어가자.
  嘎七　摳摟嘎渣

- [ ] 希望你總是幸福地笑著。
  항상 행복하게 웃었으면 좋겠다.
  夯桑　嘿波卡給　嗚搜絲麼　糗給打

- [ ] 一起多多創造幸福的瞬間吧。
  행복한 순간들 많이 만들자.
  嘿波勘　孫甘得　馬尼　滿得眨

- [ ] 我們會讓你一輩子幸福。
  우리가 평생 행복하게 해 줄게.
  嗚哩嘎　ㄆㄩㄥ生　嘿波卡給　嘿　主給

- [ ] 往後也會一直等你。
  앞으로도 계속 기다릴게.
  阿普摟都　給搜　《一達哩給

- [ ] 巡迴演出加油！
  투어 화이팅!
  吐喔　花一聽

- [ ] 往後也請多指教。
  앞으로도 잘 부탁해.
  阿普摟都　查　普他ㄎㄟ

063

CHAPTER 2 追星活動
實體、視訊簽售基本單字

這是能和本命對話的珍貴機會，一定要用心準備！ 🔊 052~054

粉絲簽售會
팬 사인회
偏　撒因悔

簡稱
팬싸
偏撒

信
편지
篇己

禮物
선물
森畝

064

簽名
사인
撒引

簽售會配飾
팬싸템
偏撒腪

CHAPTER 2

追星活動

065

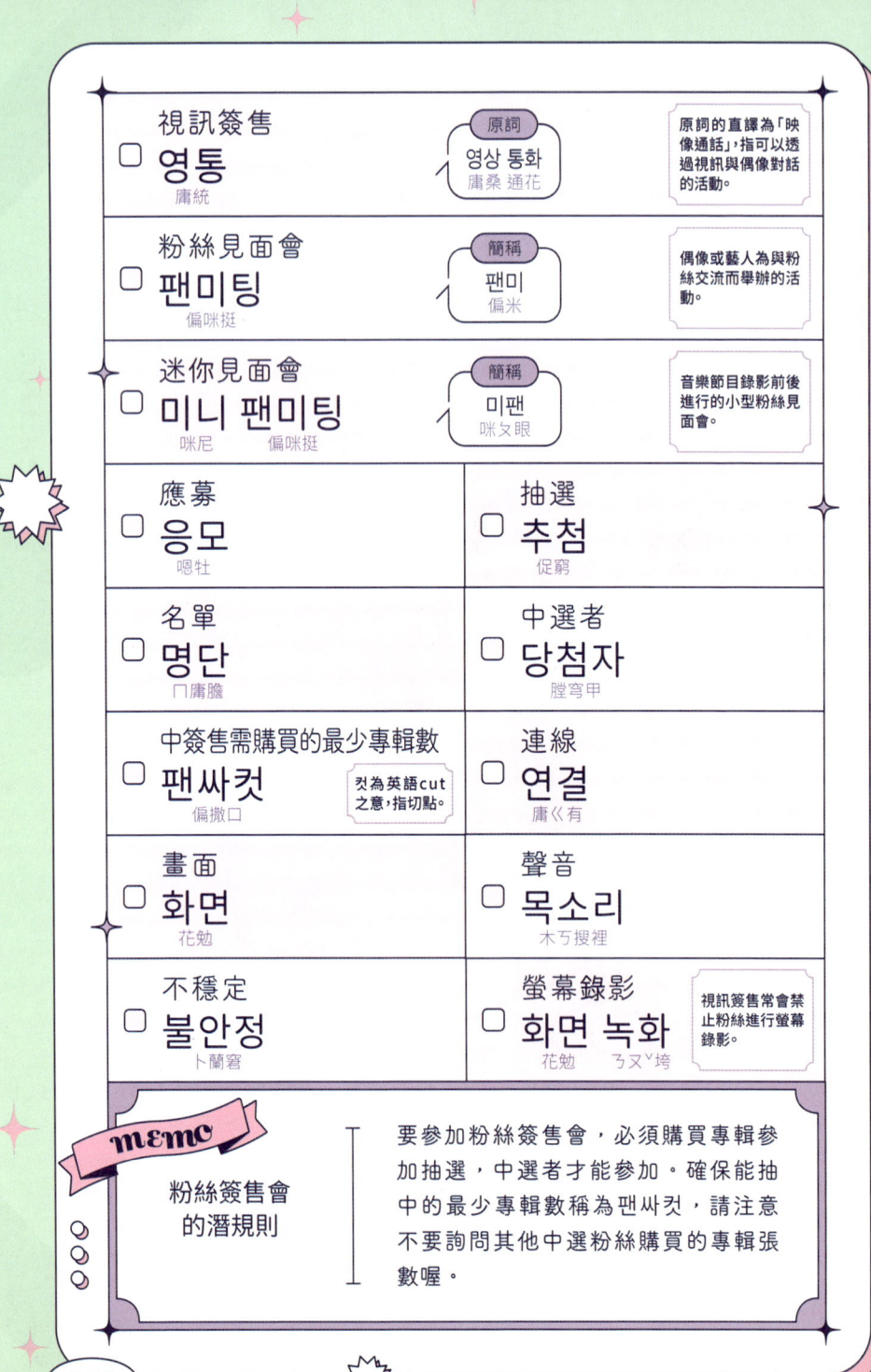

視訊簽售 영통 庸統	原詞 영상 통화 庸桑 通花	原詞的直譯為「映像通話」，指可以透過視訊與偶像對話的活動。
粉絲見面會 팬미팅 偏咪挺	簡稱 팬미 偏米	偶像或藝人為與粉絲交流而舉辦的活動。
迷你見面會 미니 팬미팅 咪尼　偏咪挺	簡稱 미팬 咪ㄆ眼	音樂節目錄影前後進行的小型粉絲見面會。

應募 응모 嗯牡	抽選 추첨 促窮
名單 명단 ㄇ庸膽	中選者 당첨자 瞠穹甲
中簽售需購買的最少專輯數 팬싸컷 偏撒口 (컷為英語cut之意，指切點。)	連線 연결 庸ㄍ有
畫面 화면 花勉	聲音 목소리 木ㄒ搜裡
不穩定 불안정 卜蘭窘	螢幕錄影 화면 녹화 花勉　ㄋㄡˇ垮 (視訊簽售常會禁止粉絲進行螢幕錄影。)

memo
粉絲簽售會的潛規則

要參加粉絲簽售會，必須購買專輯參加抽選，中選者才能參加。確保能抽中的最少專輯數稱為팬싸컷，請注意不要詢問其他中選粉絲購買的專輯張數喔。

CHAPTER 2 追星活動

簽售會常用句

精選簽售會必備常用句子！ 🔊 055~056

- 我從台灣來的。
  대만에서 왔어요.
  ㄊㄟ 滿 欸搜　瓦搜喲

- 我從你出道時就是你的粉絲了。
  데뷔 때부터 팬이에요.
  ㄊㄟ 逼　代不透　片一欸喲

- 我真的好想見到你。
  너무 보고 싶었어요.
  諾木　撲哥　西坡搜喲

- 這是我第一次參加簽售會，好緊張。
  첫 팬 사인회라서 긴장이 많이 돼요.
  戳　片　撒印會啦搜　金章一　馬尼　堆喲

- 你本人真的很帥／很美呢。
  실물이 너무 잘생겼네요 / 예쁘네요.
  西木里　諾木　渣生給內喲　　耶波內喲

- 我忘了我要說什麼。
  할 말을 까먹었어요.
  嗨　馬嘍　嘎某哥搜喲

- 今天是我生日。
  오늘은 제 생일이에요.
  無呢恩　且　生一哩欸喲

- 請為我唱生日快樂歌。
  생일 축하 노래 불러 주세요.
  生一　出咖　諾咧　撲摟　揪絲ㄟˇ喲

067

跟我猜拳吧。
☐ 가위바위보 합시다.
　　咖一吧一撲　　　哈西打

「剪刀石頭布」唸法為가위바위보。

我們來比賽撒嬌吧。
☐ 애교 대결 합시다.
　　欸ㄍ優　得ㄍ優　　哈西打

來比腕力吧。
☐ 팔씨름 합시다.
　　拍西勒　　哈西打

如果我贏了，請實現我的願望。
☐ 제가 이기면 소원을 들어 주세요.
　　且嘎　一給棉　搜窩恩　特囉　揪絲ㄟˇ唷

你可以叫我的名字嗎？
☐ 제 이름 불러 주실 수 있으실까요?
　　切　以拎　撲囉　朱西　蘇　以私洗卡唷

請幫我取綽號。
☐ 내 별명 지어 주세요.
　　內　漂名　吉喔　揪絲ㄟˇ唷

這是禮物。
☐ 이거 선물이에요.
　　一勾　孫木里欸唷

請戴上這個。
☐ 이걸 써 주세요.
　　一勾ㄌ　搜　揪絲ㄟˇ唷

給偶像髮飾或眼部裝飾時說的話。

請也來台灣。
☐ 대만에도 와 주세요.
　　ㄊㄟ滿欸都　瓦　揪絲ㄟˇ唷

我才一直很感謝你！
☐ 저야말로 늘 고마워요!
　　啾呀馬樓　能　苦馬喔唷

068

CHAPTER 2 追星活動

視訊簽售常用句

先學會這些訊號不良時使用的句子，以備不時之需！ 🔊057

- 聽得清楚我的聲音嗎？
  제 목소리 잘 들려요?
  且　木搜哩　柴　特柳唷

- 我看不到畫面。
  화면이 안 보여요.
  花咪優尼　安　撲唷唷

- Wi-Fi不太穩定。
  와이파이가 잘 안돼요.
  瓦一啪一嘎　渣　安堆唷

- 通話有延遲。
  딜레이가 있어요.
  迪類一嘎　一搜唷

- 我聽不到你的聲音。
  목소리가 안 들려요.
  木搜哩嘎　安　特了唷

- 畫面中斷很多次。
  화면이 많이 끊겨요.
  花咪優尼　馬尼　跟丂優唷

- 因為是你生日，我準備了蛋糕。
  생일이라서 케이크를 준비했어요.
  生一哩啦搜　丂ㄟ克了　群逼嘿搜唷

  > 因為實體簽售會上禁止送偶像食物，所以這句話是線上簽售會專用句子。

- 請唸唸看這個！
  이거 읽어 주세요!
  以勾　一勾　揪絲ㄟ唷

  > 將寫有韓文的手寫板秀給偶像看的時候可以說這句話。

069

column 如何寫粉絲信？

不管用寄的或在簽售會上直接給本命都沒問題。以下是寫給偶像的粉絲信範例。

🔊 058

親愛的敏俊
사랑하는 민준
撒浪哈能　敏俊

你好，我是住在台灣台北的美瑜。
안녕하세요. 저는 대만 타이페이에 살고 있는 미유라고 해요.
安妞哈ㄥせ唷　抽嫩　去ㄟ滿　他一沛欸　撒勾　以能　咪優拉勾　嘿唷

這是我第一次寫粉絲信。
편지를 쓰는 건 이번이 처음이에요.
片吉了　絲能　跟　一蹦尼　戳ㄜ咪欸唷

我看了○○你的MV之後，對你一見鍾情。
○○의 뮤비를 보고, 한눈에 반했어요.
○○欸　咪優比了　頗勾　漢怒捏　盤嘿搜唷

最近看了你在○○的表演，因為太帥了，讓我很感動。
최근에는, ○○의 퍼포먼스가 너무 멋있어서 감동 받았어요.
崔哥捏能　○○欸　泊泊木絲嘎　諾木　摸西搜搜　勘棟　叭達搜唷

我也想學習你努力不懈的態度。
항상 노력하는 자세를 저도 배우고 싶어요.
夯桑　ろㄡ力卡能　渣ㄙㄟ了　啾都　貝嗚勾　西坡唷

在見到哥哥之前，我一定會學好韓語的！
오빠를 만날 그 날까지, 꼭 한국어 마스터하고 올게요!
喔罷了　蠻了　科　那嘎吉　摳　韓咕喔　馬絲特哈哥　喔了給唷

請注意不要感冒，好好保重身體。
감기 조심하시고 건강 잘 챙기세요.
勘ㄍㄧ　鄒西馬西哥　孔康　渣　青給塞唷

即使在遠處，我也一直支持你。
멀리서나마 응원하고 있어요.
某嘞一搜那馬　恩溫哈勾　一搜唷

美瑜敬上
미유가
咪優嘎

CHAPTER 3

電視節目、影片

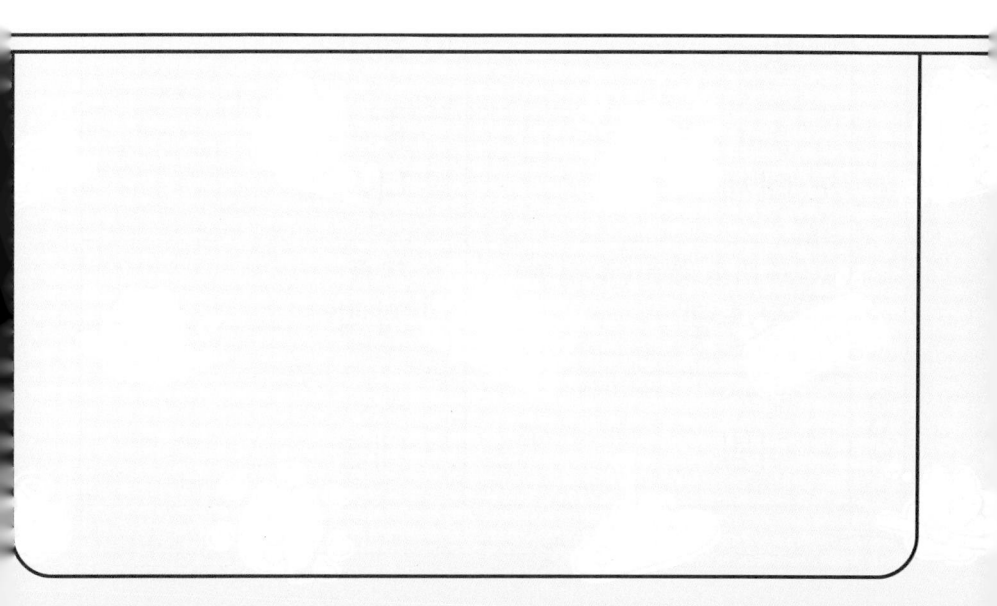

CHAPTER 3 電視節目、影片

電視節目基本單字

在台灣也很受歡迎的韓國電視節目！ 🔊 059~060

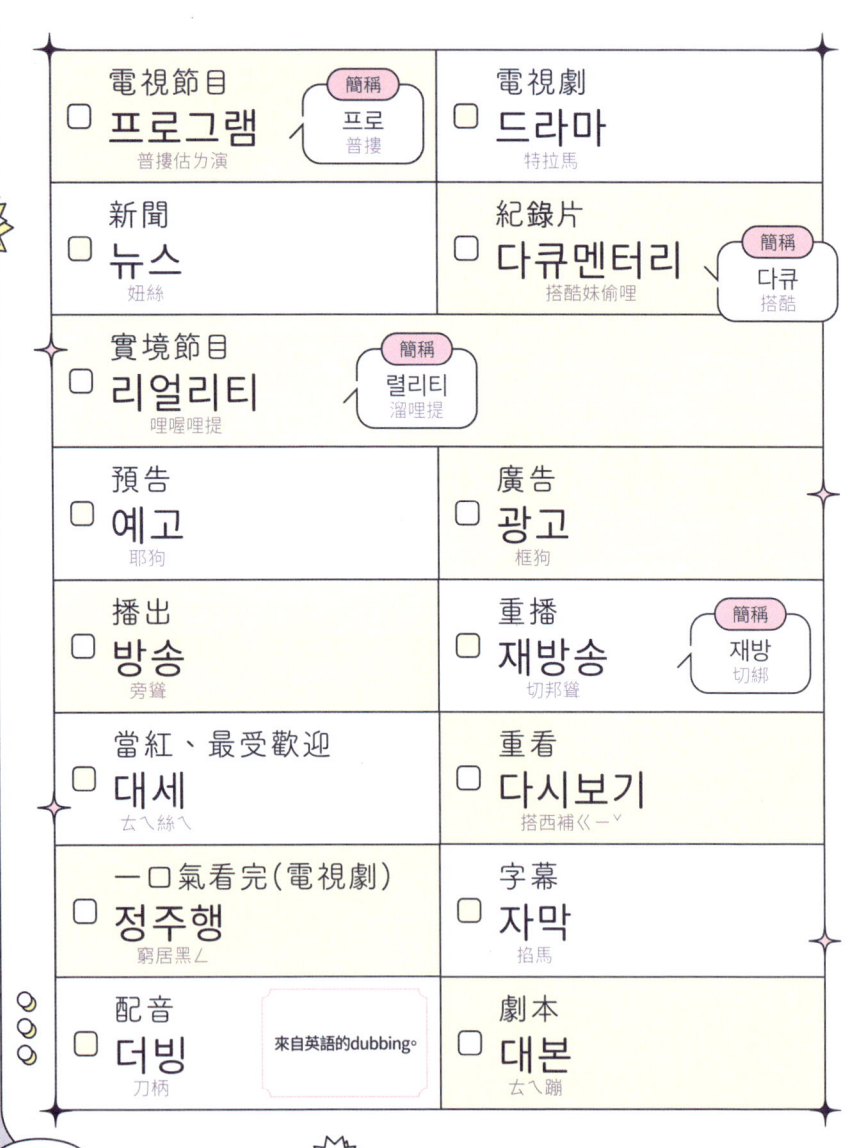

電視節目	電視劇
☐ 프로그램　簡稱 프로	☐ 드라마
普撈估ㄅ演　　　　普撈	特拉馬

新聞	紀錄片
☐ 뉴스	☐ 다큐멘터리　簡稱 다큐
妞絲	搭酷妹偷哩　　　　搭酷

實境節目
☐ 리얼리티　簡稱 리얼리티
哩喔哩提　　　　溜哩提

預告	廣告
☐ 예고	☐ 광고
耶狗	框狗

播出	重播
☐ 방송	☐ 재방송　簡稱 재방
旁聳	切邦聳　　　　切綁

當紅、最受歡迎	重看
☐ 대세	☐ 다시보기
ㄊㄟ絲ㄟ	搭西補ㄍㄧˇ

一口氣看完(電視劇)	字幕
☐ 정주행	☐ 자막
窮居黑ㄥ	掐馬

配音	劇本
☐ 더빙　來自英語的dubbing。	☐ 대본
刀柄	ㄊㄟ蹦

072

收視率 ☐ 시청률 西衝旅	電視台 ☐ 방송국 旁松谷
現場 ☐ 현장 哼講	現場直播 ☐ 생중계 生中給
公共電視台 ☐ 공중파 空中啪 (漢字為「公眾播」，一般指「無線電視台」。)	無線電視台 ☐ 지상파 期桑啪
停播 ☐ 결방 丂優綁	拍攝地 ☐ 촬영지 掐哩庸幾
攝影棚 ☐ 스튜디오 絲丟哩喔	演員 ☐ 배우 賠五
製作人／PD ☐ 프로듀서／피디 普搜丟撒　　批低 (一般稱製作人為피디님(PD)。)	
導演 ☐ 감독 勘豆	作家、編劇 ☐ 작가 掐嘎
製作組 ☐ 제작진 切炸緊	攝影師 ☐ 카메라맨 卡咩啦妹
司儀、主持人 ☐ 진행자 親哼甲	演出者 ☐ 출연자 區哩翁甲
主持人(MC) ☐ 엠시 欸喜	演出邀請 ☐ 섭외 搜北

CHAPTER 3

電視節目・影片

073

CHAPTER 3 電視節目、影片

綜藝節目基本單字

一邊看本命參演的綜藝節目,一邊快樂學韓文! 🔊061~062

綜藝節目
예능 프로그램
耶能 普搜科勒ㄇ

簡稱
예능 프로
耶能 普搜

來賓
게스트
ㄎㄟˋ絲特

效果字
텔롭
ㄊㄟ嚕

074

幽默 ☐ 유머 優某	固定 (指固定班底) ☐ 고정 哭冏
諧星 ☐ 개그맨 ㄎㄟ哥免	即興 ☐ 애드리브 — 簡稱 欸得哩不　　드립 　　　　　　特哩
搞笑、玩笑 ☐ 개그 ㄎㄟ哥	肢體搞笑 ☐ 몸개그 木給哥
隱藏攝影機 (指在對方不知情的情況下拍攝並捉弄他人) ☐ 몰래카메라 — 簡稱 木咧卡咩拉　　몰카 　　　　　　某卡	
憋笑 ☐ 웃음 참기 — 簡稱 嗚森　參ㄍㄧˇ　　웃참 　　　　　　嗚搶	
當紅偶像 ☐ 대세돌 ㄊㄟ塞多耳	대세(當紅) ㄊㄟ塞 ＋ 아이돌(偶像) 阿姨多耳
全方位偶像 ☐ 만능돌 蠻能多耳	만능(萬能) 蠻能 ＋ 아이돌(偶像) 阿姨多耳
綜藝咖偶像 ☐ 예능돌 耶能多耳	예능(綜藝) 耶能 ＋ 아이돌(偶像) 阿姨多耳
初次公開 ☐ 첫 공개 邱　公給 強調是「史上第一次」時，可以寫為 최초 공개(最初公開)。	舊照 ☐ 과거 사진 — 簡稱 誇溝　撒緊　　과사 　　　　　　誇撒
經典畫面 ☐ 명장면 明庸張免	黑歷史 ☐ 흑역사 喝ㄍ優撒

CHAPTER 3　電視節目、影片

075

CHAPTER 3

電視節目、影片

字幕

先從簡單好記的常見效果字開始學吧！ 🔊 063~066

幸福 ☐ **행복** 黑ㄥㄅ	期待 ☐ **기대** ㄎㄧ得
好奇 ☐ **궁금** 哭哏	感嘆 ☐ **감탄** 勘坦
感動 ☐ **감동** 勘董	滿足 ☐ **뿌듯** 布得
欣慰 ☐ **흐뭇** 賀木	可愛 ☐ **귀엽** ㄎㄧ喑
羨慕 ☐ **부럽** 噗撈	開心 ☐ **반갑** 潘嘎
恭敬 ☐ **공손** 空損	同感、共鳴 ☐ **공감** 空感
可惜 ☐ **아쉽** 阿許	遺憾 ☐ **섭섭** 搜撒
尷尬 ☐ **민망** 明忙	鬱悶 ☐ **답답** 他打

076

難為情	害羞
☐ 부끄 噗哥	☐ 쑥쓰 蘇ㄎ絲
嚴肅	專注
☐ 정색 充塞	☐ 집중 七鋪中
傷心	憂鬱
☐ 속상 搜ㄎ桑	☐ 우울 烏囚
慌亂	不安
☐ 당황 湯晃	☐ 불안 卜覽
焦躁	緊張
☐ 초조 區久	☐ 긴장 ㄎ一講
煩惱	懷疑
☐ 고민 摳明	☐ 의심 古一醒
憤怒	猶豫、停頓
☐ 분노 噴ㄋ偶	☐ 멈칫 某牡起

MEMO

韓國電視節目的效果字

韓國節目中，除了會將演出者的發言做成文字外，節目組也會依節目當下的情況或演出者的心境，大量加入效果字。

另外，P.76~77中介紹的效果字，包含了將動詞和形容詞語尾省略後呈現的單字，請各位在讀時，務必記得這只是在綜藝節目上的寫法，並非單字的原始型態。

CHAPTER 3 電視節目、影片

077

點頭	搖頭	
☐ 끄덕 割倒	☐ 절레절레 求咧九咧	將頭左右搖擺的樣子。

低頭／鞠躬	左顧右盼
☐ 꾸벅 咕保	☐ 두리번두리번 圖哩幫圖哩幫

嘻笑	嘿嘿
☐ 까르르 嘎了了	☐ 헤헷 嘿嘿

露臉	嘶 (忍痛的樣子)
☐ 빼꼼 貝勾木	☐ 쓰읍 絲

鏘鏘 (展示物品給他人時的狀聲詞)	呀啊 (大叫聲)
☐ 짜잔 家講	☐ 꺄악 嘎啊

哇啊 (驚嘆聲)	噗哧一笑
☐ 우와! 嗚哇	☐ 킥 ㄎㄧ丶

嘻嘻	嚼嚼
☐ 씨익 西一	☐ 냠냠 娘娘

忐忑不安	竊竊私語
☐ 안절부절 安啾部啾	☐ 속닥속닥 搜答搜答

騷動	看眼色	
☐ 난리 難哩	☐ 눈치 奴起	常用來指「察言觀色的能力」。

驚訝得搗住嘴巴	原詞
☐ 입틀막 一貼馬	입을 틀어 막다 一ㄅ ㄖ 特摟 馬達

078

CHAPTER 3 電視節目、影片

- [ ] 氣氛突然變冷
갑분싸
嘎奔撒
> 原詞：갑자기 분위기가 싸해지다
> 卡加ㄍ一 普尼基嘎 撒嘿吉塔

- [ ] 精神崩潰
멘붕
免蹦
> 原詞：멘탈붕괴
> 免塔崩給

指受到精神上的衝擊，啞口無言的樣子。

- [ ] 認清現實
현타
哼塔
> 原詞：현실 자각 타임
> 哼西 渣嘎 塔引

指突然清醒、認清現實的樣子。

- [ ] 重大事件
대박사건
代叭撒棍

- [ ] 焦土化
초토화
戳土花

指因為一人爆炸性的發言，導致節目流程被打斷。

- [ ] 前所未見
역대급
唷代葛

經常用於形容「前所未見最棒的事物」。

- [ ] 否定現實
현실부정
哼西部章

- [ ] 引人注目
시선강탈
西桑剛塔

- [ ] 意味深遠
의미심장
額咪心章

- [ ] 修羅場（一片混亂）
아수라장
阿蘇拉章

- [ ] 渾然忘我
무아지경
木阿吉ㄍ永

指集中於某事物，忘卻自我的狀態。

- [ ] 優柔寡斷
우유부단
嗚優部單

- [ ] 深思熟慮
심사숙고
心撒速狗

- [ ] 津津有味
흥미진진
哼咪勤景

- [ ] 自信滿滿
자신만만
渣辛蠻蠻

- [ ] 亂七八糟
엉망진창
喔忙勤昌

- [ ] 放送事故
방송사고
旁松撒狗

指節目播出時發生非預期事件。

079

CHAPTER 3

電視節目、影片

小遊戲

為認真玩遊戲的偶像們加油！ 🔊067~069

小遊戲 ☐ 미니 게임 _{咪尼　　給一}	問答 ☐ 퀴즈 _{虧子}
比賽 ☐ 배틀 _{培特}	項目 ☐ 종목 _{充牡}
問題、題目 ☐ 문제 _{悶解}	提示 ☐ 힌트 _{ㄏ一恩特}
正確答案 ☐ 정답 _{衝打}	對決 ☐ 대결 _{ㄊㄟ給咬}
叮咚 (回答正確的音效) ☐ 딩동땡 _{停東鼎}	叭叭 (回答錯誤的音效) ☐ 땡 _{ㄉㄟ}
競技 ☐ 경기 _{ㄎ一庸ㄍ一ˇ}	對手 ☐ 라이벌 _{來一波}
結果 ☐ 결과 _{給日瓜}	沒中、期待落空 ☐ 꽝 _逛
勝利 ☐ 승리 _{森擬}	敗北 ☐ 패배 _{配北}

080

不相上下	平手
☐ **박빙** 叭餅	☐ **무승부** 木森부
逆轉 ☐ **역전** 唷轉	冠軍 ☐ **우승** 嗚森
犯規 ☐ **반칙** 盤七	通過 ☐ **패스** 配絲
暫停 ☐ **타임** 塔引	分數 ☐ **점수** 衝素
成功 ☐ **성공** 桑共	失敗 ☐ **실패** 西配
失誤 ☐ **실수** 西素	防禦 ☐ **방어** 旁喔
判決 ☐ **심판** 心判	任務 ☐ **미션** 咪丁永
開始 ☐ **시작** 西炸	攻擊 ☐ **공격** 共給
隊伍 ☐ **팀** 聽	加油！ ☐ **화이팅!** 花一聽
擊掌 ☐ **하이파이브** 哈一啪一不	剪刀石頭布 ☐ **가위바위보** 咖威吧威撲

備註：不相上下 直譯為「薄冰」，也可以用접전表達相同語意。

CHAPTER 3 電視節目・影片

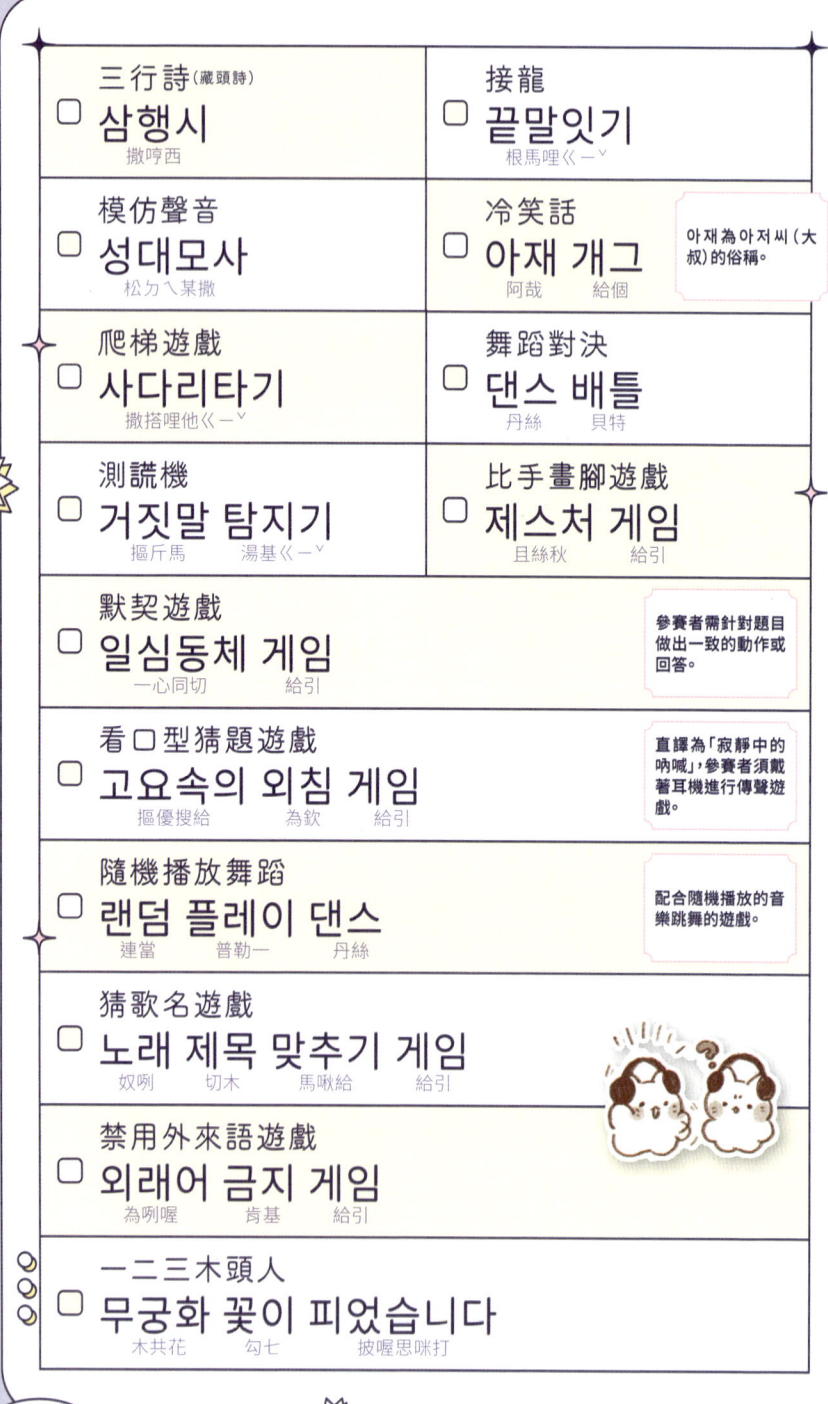

三行詩 (藏頭詩) ☐ 삼행시 撒哼西	接龍 ☐ 끝말잇기 根馬哩《一ˇ
模仿聲音 ☐ 성대모사 松ㄉㄟ某撒	冷笑話 ☐ 아재 개그 阿哉　給個　（아재為아저씨(大叔)的俗稱。）
爬梯遊戲 ☐ 사다리타기 撒搭哩他《一ˇ	舞蹈對決 ☐ 댄스 배틀 丹絲　貝特
測謊機 ☐ 거짓말 탐지기 摳斤馬　湯基《一ˇ	比手畫腳遊戲 ☐ 제스처 게임 且絲秋　給引
默契遊戲 ☐ 일심동체 게임 一心同切　給引	參賽者需針對題目做出一致的動作或回答。
看口型猜題遊戲 ☐ 고요속의 외침 게임 摳優搜給　為欽　給引	直譯為「寂靜中的吶喊」，參賽者須戴著耳機進行傳聲遊戲。
隨機播放舞蹈 ☐ 랜덤 플레이 댄스 連當　普勒一　丹絲	配合隨機播放的音樂跳舞的遊戲。
猜歌名遊戲 ☐ 노래 제목 맞추기 게임 奴咧　切木　馬啾給　給引	
禁用外來語遊戲 ☐ 외래어 금지 게임 為咧喔　肯基　給引	
一二三木頭人 ☐ 무궁화 꽃이 피었습니다 木共花　勾七　披喔思咪打	

反應

電視節目、影片

你也能輕鬆學起來！演出者的各種反應。 070

反應 □ 리액션 哩歟兒	太好了！ □ 앗싸! 啊撒
好燙！ □ 뜨거! ㄉ勾	好厲害！／太棒了！ □ 대박! ㄊㄟ爸
就是說啊！ □ 내 말이! 內　馬哩	你瘋了嗎？ □ 미쳤어? 咪秋搜
拜託…… □ 제발… 且吧囚	完蛋了。 □ 망했다. 忙黑打
真的好好笑。 □ 진짜 웃기다. 情渣　嗚ㄍ一打	笑瘋了。 □ 빵터졌어. 邦特舊搜
太扯了。 □ 말도 안 돼. 馬囚都　安堆	煩死了。 □ 짜증나. 渣金那
傻眼!? □ 헐!? 賀儿	太誇張了。 □ 오버야. 嗚波呀	來自於英文的over。
該不會…… □ 설마… 搜囚馬	嚇死了！ □ 깜짝이야! 剛炸ㄍ一呀	受到驚嚇時會脫口而出的句子。

083

CHAPTER 3 電視節目、影片

音樂節目基本單字

在台灣也超受歡迎！幾乎每天播出的韓國音樂節目。 071~074

音樂節目
음악 방송
嗯啊　邦送

簡稱
음방
嗯邦

獎盃
트로피
特摟批

084

得獎
수상
素桑

感想
소감
搜港

公開承諾
공약
空亞

CHAPTER 3
電視節目、影片

歌曲介紹	陣容
☐ 곡 소개 摳 搜給	☐ 라인업 拉一諾

訪談	團體問候
☐ 토크 托克	☐ 단체 인사 丹切　因撒

> 偶像團體在打招呼時會使用的固定問候台詞。

單元	預錄
☐ 코너 摳諾	☐ 사전 녹화 撒轉　農垮

簡稱：사녹 撒農

現場旁觀節目	現場演出
☐ 방청 邦窮	☐ 라이브 拉一布

現場直播	公開播出
☐ 생방송 生邦送	☐ 공개 방송 空給　邦送

簡稱：생방 生邦　／　공방 空邦

首播	最終播出
☐ 첫 방송 秋　邦送	☐ 마지막 방송 馬吉馬　邦送

簡稱：첫방 秋邦　／　막방 馬邦

正式播出
☐ 본방송 蹦邦送

簡稱：본방 蹦邦

> 直譯為「本放送」，也指「播出錄製好的節目」。

本放死守	休息室
☐ 본방 사수 蹦邦　撒蘇	☐ 대기실 ㄊㄟˇㄍㄧ一喜

> 指觀眾在節目播出當下即時觀看。

彩排	試音、確認音響
☐ 리허설 哩齁叟	☐ 사운드 체크 撒溫特　切可

簡稱：사첵 撒且

確認錄製畫面	音色、歌聲
☐ 모니터링 某尼偷哩	☐ 음색 嗯塞

086

安可舞台
☐ **앵콜 무대**
欸摳　木代

在音樂節目上獲得冠軍者在節目最後進行的表演。

直拍
☐ **직캠**
期ㄎㄟ

> 原詞
> 직접 찍은 캠 동영상
> 期遮 基個 ㄎㄟ 通嘻桑

直譯為「直接拍攝的影片」,指僅拍攝單一成員的影片。

結尾妖精
☐ **엔딩 요정**
欸丁　優周

表演最後被特寫拍攝的成員。

表情演技
☐ **표정 연기**
撲中　永《一ˇ

指表演時的表情控制。

THE SHOW
☐ **더 쇼**
投　秀

星期二播出的音樂節目。

SHOW CHAMPION
☐ **쇼챔피언**
修千痞喔嗯

> 簡稱
> 쇼챔
> 修千

星期三播出的音樂節目。

M COUNTDOWN
☐ **엠 카운트다운**
欸木　康物特當

> 簡稱
> 엠카
> 欸卡

星期四播出的音樂節目。

音樂銀行
☐ **뮤직뱅크**
咪優吉便克

> 簡稱
> 뮤뱅
> 咪優邊恩

星期五播出的音樂節目。

SHOW!音樂中心
☐ **쇼! 음악중심**
修　嗯嗎種醒

> 簡稱
> 음중
> 嗯窘

星期六播出的音樂節目。

SBS人氣歌謠
☐ **SBS 인기가요**
艾絲比艾絲　因《一嘎優

> 簡稱
> 인가
> 因嘎

星期日播出的音樂節目。

CHAPTER 3 電視節目・影片

087

CHAPTER 3

電視節目、影片

投票、分數計算

一起來學與音樂節目投票、分數計算有關的單字！ 🔊 075~076

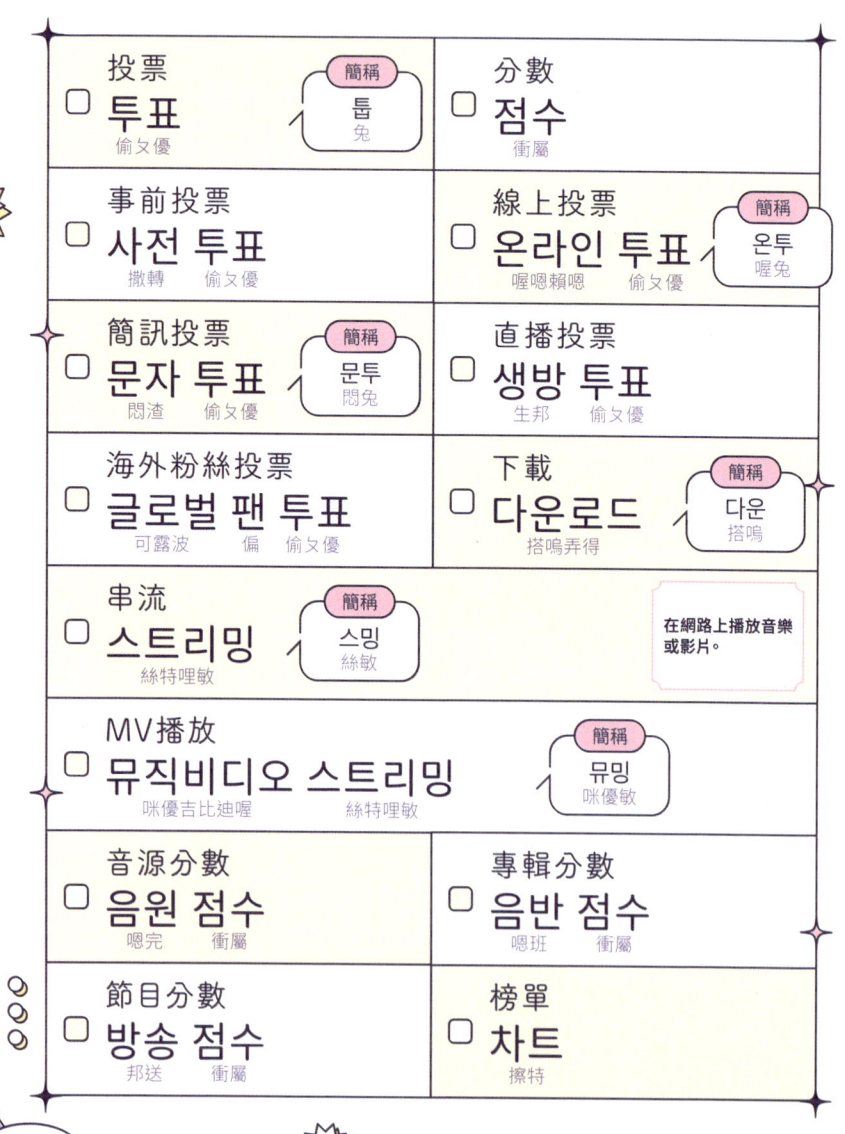

- [ ] 投票
  투표
  偷ㄡ優
  - 簡稱: **톱** 兔

- [ ] 分數
  점수
  衝屬

- [ ] 事前投票
  사전 투표
  撒轉　偷ㄡ優

- [ ] 線上投票
  온라인 투표
  喔嗯賴嗯　偷ㄡ優
  - 簡稱: **온투** 喔兔

- [ ] 簡訊投票
  문자 투표
  悶渣　偷ㄡ優
  - 簡稱: **문투** 悶兔

- [ ] 直播投票
  생방 투표
  生邦　偷ㄡ優

- [ ] 海外粉絲投票
  글로벌 팬 투표
  可露波　偏　偷ㄡ優

- [ ] 下載
  다운로드
  搭嗚弄得
  - 簡稱: **다운** 搭嗚

- [ ] 串流
  스트리밍
  絲特哩敏
  - 簡稱: **스밍** 絲敏

  > 在網路上播放音樂或影片。

- [ ] MV播放
  뮤직비디오 스트리밍
  咪優吉比迪喔　絲特哩敏
  - 簡稱: **뮤밍** 咪優敏

- [ ] 音源分數
  음원 점수
  嗯完　衝屬

- [ ] 專輯分數
  음반 점수
  嗯班　衝屬

- [ ] 節目分數
  방송 점수
  邦送　衝屬

- [ ] 榜單
  차트
  擦特

榜單逆襲 ☐ 역주행 _{唷啾黑ㄥ}	熱門 ☐ 히트 _{ㄏ一特}
冠軍 ☐ 1위 _{一縷以}	候選 ☐ 후보 _{乎跛}
預購 ☐ 선주문 _{松取悶}	販售量 ☐ 판매량 _{潘咩兩}
初動（專輯首週銷售量） ☐ 초동 _{戳董}	突破 ☐ 돌파 _{多儿啪}
～冠王 ☐ 관왕 _{寬網}	三冠王（拿下三個音樂節目的冠軍） ☐ 트리플 크라운 _{特哩普　　柯拉嗚}
音源強者 ☐ 음원 강자 _{嗯摸恩　康甲}	紀錄 ☐ 기록 _{ㄎ一摟}
達成 ☐ 달성 _{荅聳}	連續 ☐ 연속 _{淵搜}

指原在榜單外的歌曲排名上升。

指音源成績優異的藝人。

CHAPTER 3　電視節目・影片

MEMO

為了將本命送上冠軍，粉絲必須付出努力！

韓國音樂節目會以榜單方式呈現歌曲排名。榜單計算標準依節目而異，包含歌曲在音源平台上的下載次數、專輯販賣數、影片觀看數、簡訊投票數等。為了獲得音樂節目的冠軍，偶像和粉絲都必須付出極大努力。

089

CHAPTER 3 電視節目、影片

得獎感言

奪冠偶像們那些令人動容的得獎感言。 077

一直支持著我們的各位粉絲們
☐ 한결같이 응원해 주신 여러분
　　憨給力嘎七　　恩溫黑　　朱辛　　由摟布恩

為我帶來幸福時刻的各位粉絲們
☐ 행복한 순간을 만들어 주신 여러분
　　厂因不堪　孫乾呢　滿得露　朱辛　由摟布恩

你們讓我感到非常幸福。
☐ 여러분들 덕분에 너무 행복합니다.
　　由摟布恩得　　投不捏　諾木　厂因波哈咪打

我非常榮幸能站在這裡。
☐ 이 자리에 설 수 있어서 영광입니다.
　　一　　渣哩耶　搜　蘇　一搜搜　　永光一咪打

我拿到這個意義深重的大獎了。
☐ 뜻깊은 대상을 받게 되었습니다.
　　　ㄉㄜ給盆　　代桑儿　拔給　得唷思咪打

謝謝你們支持我。
☐ 응원해 주셔서 감사합니다.
　　恩溫黑　　朱修搜　　扛桑哈咪打

謝謝你們給我這個特別的禮物。
☐ 특별한 선물을 감사합니다.
　　特表婊　孫木樂　　扛桑哈咪打

我今後會更加努力。
☐ 앞으로도 더 열심히 하겠습니다.
　　阿普摟都　頭　有西咪　哈給思咪打

090

頒獎典禮、音樂節／祭

別忘了年末的代表活動：豪華的頒獎典禮和歌謠祭！ 🔊078

年末 ☐ 연말 _{庸滿}	紅毯 ☐ 레드 카펫 _{咧得　卡沛}
拍攝區 ☐ 포토 존 _{潑透　九恩}	Mnet Asian Music Awards(MAMA) ☐ 엠넷 아시안 뮤직 어워즈 _{欸木內　阿西安　咪優吉　喔窩滋}
Melon Music Awards(MMA) ☐ 멜론 뮤직 어워드 _{沒弄　咪優吉　喔窩德}	Asia Artist Awards(AAA) ☐ 아시아 아티스트 어워즈 _{阿西阿　阿踢絲特　喔窩滋}
Golden Disc Awards(GDA) ☐ 골든 디스크 어워즈 _{摳燈　抵絲克　喔窩滋}	KBS歌謠大祝祭 ☐ KBS 가요대축제 _{ㄎㄟ比艾絲　嘎優代觸祭}
SBS歌謠大戰 ☐ SBS 가요대전 _{艾絲比艾絲　嘎優代戰}	MBC歌謠大祭典 ☐ MBC 가요대제전 _{恩比西　嘎優代濟戰}
頒獎典禮 ☐ 시상식 _{西桑席}	提名 ☐ 노미네이트 _{弄咪內一特}
部門 ☐ 부문 _{部木}	大獎 ☐ 대상 _{ㄊㄟ桑}
新人獎 ☐ 신인상 _{心尼桑}	年度歌手獎 ☐ 올해 가수상 _{喔嘿　嘎蘇桑}

091

CHAPTER 3

電視節目、影片

選秀節目

為了讓本命出道，今天也要投票！ 🔊 079~080

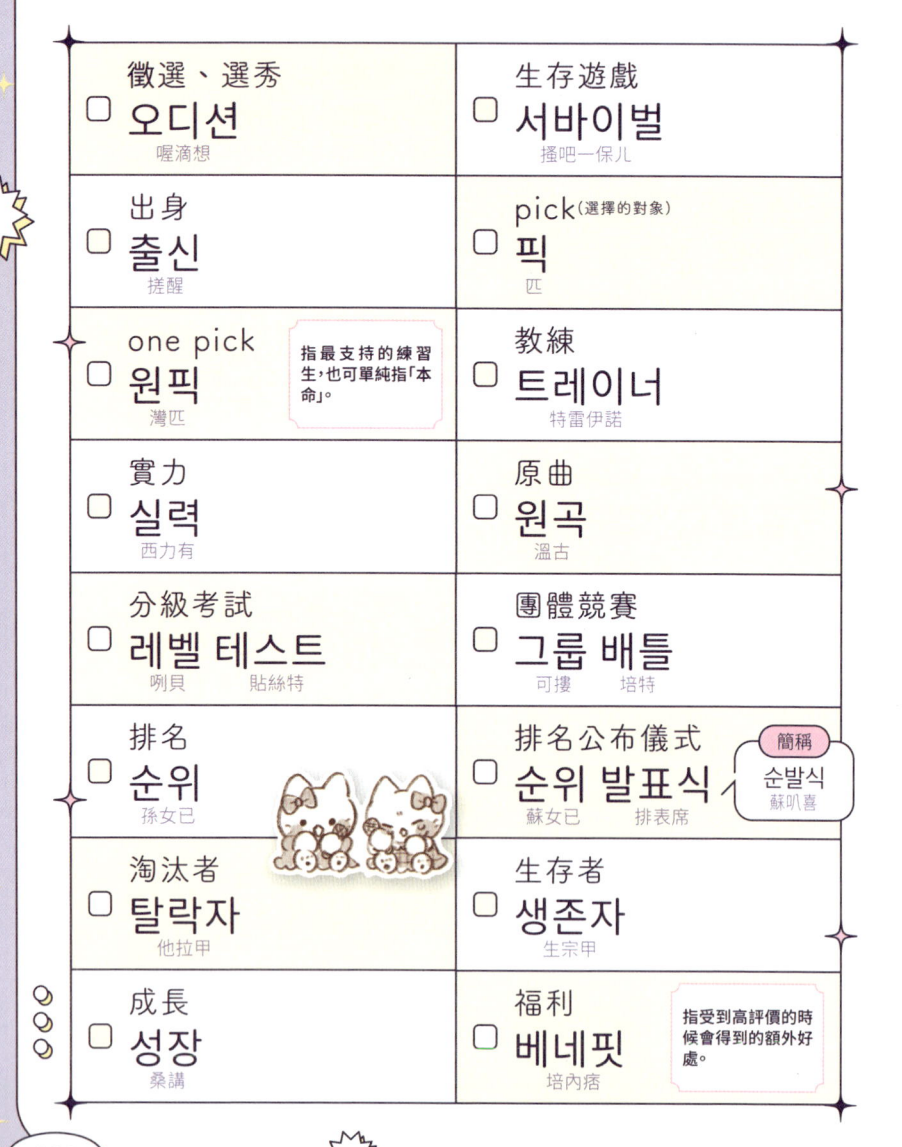

徵選、選秀 오디션 喔滴想	生存遊戲 서바이벌 搖吧一保儿
出身 출신 搓醒	pick（選擇的對象） 픽 匹
one pick 원픽 灣匹　（指最支持的練習生，也可單純指「本命」。）	教練 트레이너 特雷伊諾
實力 실력 西力有	原曲 원곡 溫古
分級考試 레벨 테스트 咧貝　貼絲特	團體競賽 그룹 배틀 可摟　培特
排名 순위 孫女已	排名公布儀式 순위 발표식 蘇女已　排表席　（簡稱 순발식 蘇叭喜）
淘汰者 탈락자 他拉甲	生存者 생존자 生宗甲
成長 성장 桑講	福利 베네핏 培內痞　（指受到高評價的時候會得到的額外好處。）

092

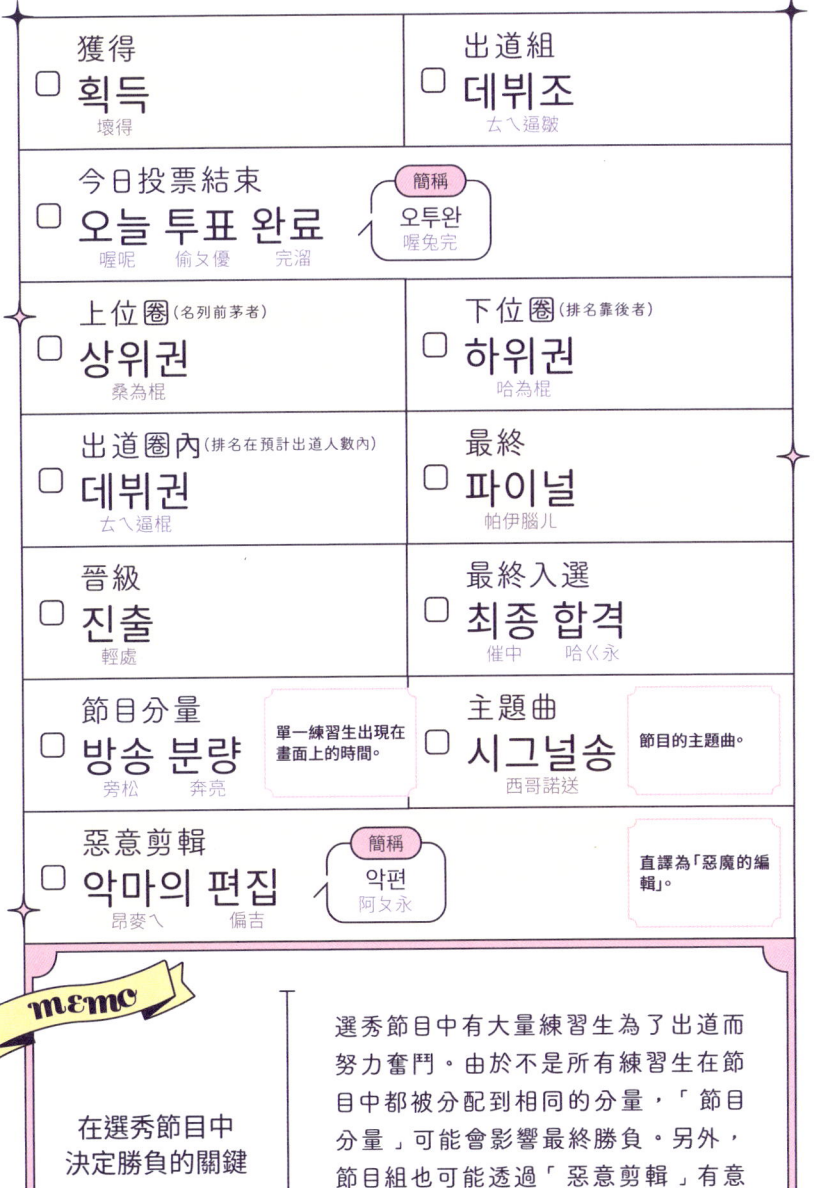

獲得 ☐ **획득** 壞得	出道組 ☐ **데뷔조** ㄊㄟ逼皺
今日投票結束 ☐ **오늘 투표 완료**　簡稱 **오투완** 喔呢　偷ㄨ優　完溜　　　喔免完	
上位圈(名列前茅者) ☐ **상위권** 桑為棍	下位圈(排名靠後者) ☐ **하위권** 哈為棍
出道圈內(排名在預計出道人數內) ☐ **데뷔권** ㄊㄟ逼棍	最終 ☐ **파이널** 帕伊腦ㄦ
晉級 ☐ **진출** 輕處	最終入選 ☐ **최종 합격** 催中　哈ㄍ永
節目分量 ☐ **방송 분량**　單一練習生出現在 旁松　奔亮　　畫面上的時間。	主題曲 ☐ **시그널송**　節目的主題曲。 西哥諾送
惡意剪輯 ☐ **악마의 편집**　簡稱 **악편** 昂麥ㄟ　偏吉　　　　阿ㄆ永　直譯為「惡魔的編輯」。	

MEMO

在選秀節目中決定勝負的關鍵

選秀節目中有大量練習生為了出道而努力奮鬥。由於不是所有練習生在節目中都被分配到相同的分量,「節目分量」可能會影響最終勝負。另外,節目組也可能透過「惡意剪輯」有意地負面渲染練習生的行為舉止,造成粉絲對節目組提出抗議的情況。

CHAPTER 3 電視節目・影片

093

CHAPTER 3

電視節目、影片

影片

影片內容種類豐富，千萬不能錯過！ 🔊 081~082

影片 ☐ 동영상 _{通啾桑}	YouTube ☐ 유튜브 _{優兔布}
YouTube Shorts ☐ 유튜브 쇼츠 _{優兔布　修吃}	YouTuber ☐ 유튜버 _{優兔波}
頻道 ☐ 채널 _{切呢}	訂閱頻道 ☐ 채널 구독 _{切呢　摳豆}
觀看次數 ☐ 조회수 _{湊嘿素}	讚 ☐ 좋아요 _{湊阿唷}
倒讚(不喜歡) ☐ 싫어요 _{西囉唷}	上傳 ☐ 업로드 _{喔不弄得}
公開日 ☐ 공개일 _{空給一}	提前公開 ☐ 선공개 _{桑空給}
縮圖 ☐ 썸네일 _{桑內一}	會員 ☐ 멤버십 _{悶罷喜}
預告片 ☐ 티저 _{提喬}	MV ☐ 뮤직비디오 _{咪優吉比迪喔}　簡稱 뮤비 _{咪優比}

094

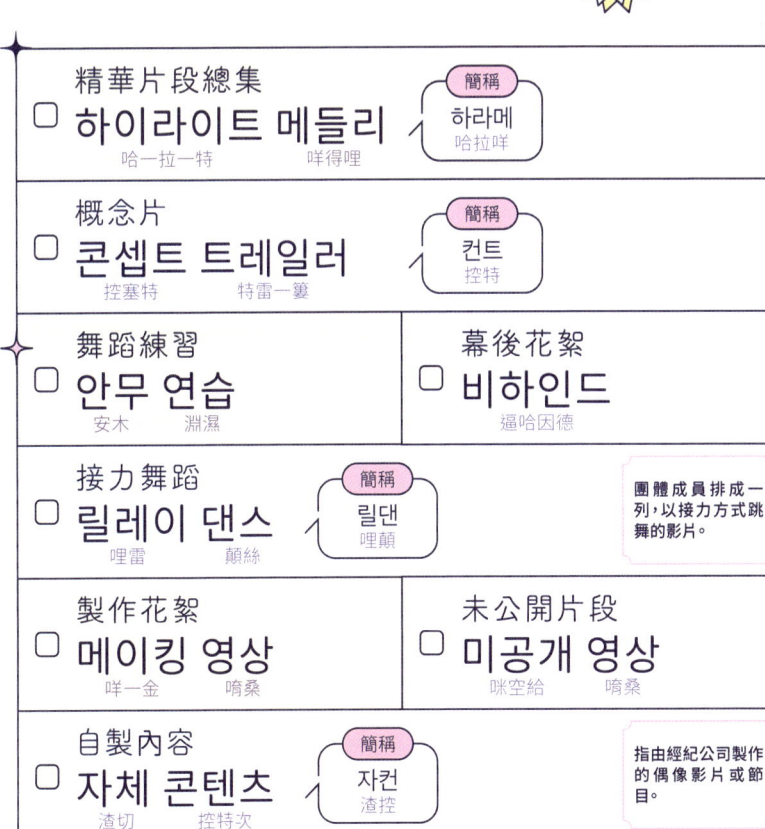

精華片段總集	
☐ 하이라이트 메들리 哈一拉一特　咩得哩	簡稱 하라메 哈拉咩

概念片	
☐ 콘셉트 트레일러 控塞特　特雷一夔	簡稱 컨트 控特

舞蹈練習	幕後花絮
☐ 안무 연습 安木　淵濕	☐ 비하인드 逼哈因德

接力舞蹈	
☐ 릴레이 댄스 哩雷　顛絲	簡稱 릴댄 哩顛

團體成員排成一列，以接力方式跳舞的影片。

製作花絮	未公開片段
☐ 메이킹 영상 咩一金　噚桑	☐ 미공개 영상 咪空給　噚桑

自製內容	
☐ 자체 콘텐츠 渣切　控特次	簡稱 자컨 渣控

指由經紀公司製作的偶像影片或節目。

Vlog	保護藝人
☐ 브이로그 布一搜咕	☐ 아티스트 보호 阿踢絲特　普虎

指偶像露出怪表情等時候，以馬賽克等後製方式遮擋。

MEMO

各種展現愛意的留言

韓國粉絲會在偶像的影片下留下各種有創意的留言。包含「這不是昨天剛出生的小狗狗嗎？」、「史上第一隻會跳舞的天才狸貓」等將偶像比喻為動物的內容，和「太帥了，心臟好痛」、「好可愛，地球快壞掉了」等闡述自身激動情緒的發言，各位請務必讀看看。

column 常見影片搜尋關鍵字

以下整理了韓國網紅經常在影片標題中，使用到的單字。用這些關鍵字搜尋影片，也許能找到當地的第一手資訊！

🔊 083

日常	
公開包包內容物	가방 털기 嘎邦　托給
人生物品	인생템 因生特木
Room Tour (開箱房間)	룸투어 嚕木兔喔
Lookbook (造型集)	룩북 嚕補
療癒之旅	힐링 여행 希哩　唷行

追星活動	
歌曲總集	노래 모음 奴雷　摸嗯
專輯開箱、拆專	앨범깡 欸蹦剛
追星Vlog	○○(粉絲名) 로그 摟咕

讀書	
一起唸書吧	같이 공부해요 嘎七　空部嘿唷
考試期間	시험기간 西轟丂一甘
大學生的一天	대학생 하루 代哈生　哈魯

096

CHAPTER 4

社群媒體、網路

CHAPTER 4 社群媒體、網路

手機、網路基本單字

來學3C產品的名稱和手機基本操作用語！ 084~085

手機	智慧型手機
☐ 핸드폰 / 휴대폰 黑得捧　　　厂優待捧	☐ 스마트폰 絲嗎去捧　　簡稱：폰／捧
平板	電腦
☐ 태블릿 ㄊㄟ不理	☐ 피시 批喜
網路	網站
☐ 인터넷 因偷餒	☐ 사이트 撒伊特
官咖	
☐ 공식 팬 카페 空席　偏　咖ㄆㄟˇ　　簡稱：공카／空卡	由經紀公司所經營的官方粉絲社群網站。
NAVER	佈告欄
☐ 네이버 餒一跛　　韓國最多人使用的網站。	☐ 게시판 ㄎㄟ西判
電話	電話號碼
☐ 전화 衝花	☐ 전화번호 衝花蹦吼　　簡稱：전번／衝蹦
電子郵件	電子郵件地址
☐ 메일 妹以	☐ 메일 주소 妹一　　秋所
充電器	應用程式
☐ 충전기 充征ㄍㄧˇ	☐ 앱 欸ㄆ

098

登入 ロ그인 捜割引	登出 로그아웃 捜割阿嗚
密碼 비밀번호 皮咪繃吼 （簡稱 비번 皮繃）	搜尋 검색 空ㄙㄟ
紀錄 이력 一柳	貼文 게시물 ㄎㄟ西畝
編輯 편집 偏集	輸入 입력 一紐
選擇 선택 松ㄊㄟ	新增 추가 出嘎
儲存 저장 抽講	刪除 삭제 撒解
設定 설정 搜儿窘	分享 공유 空與
傳播 확산 花ㄎ傘	引用 인용 一扭
報導、文章 기사 ㄎ一撒	桌布 배경화면 培公花咪有
輸入錯誤、打錯字 오타 噢塔	螢幕截圖 스크린 숏 絲克林 朽 （簡稱 스샷 絲俠）

CHAPTER 4

社群媒體、網路

099

CHAPTER 4 社群媒體、網路

社群基本單字

來看看各大社群網站常用的基本單字！ 086~089

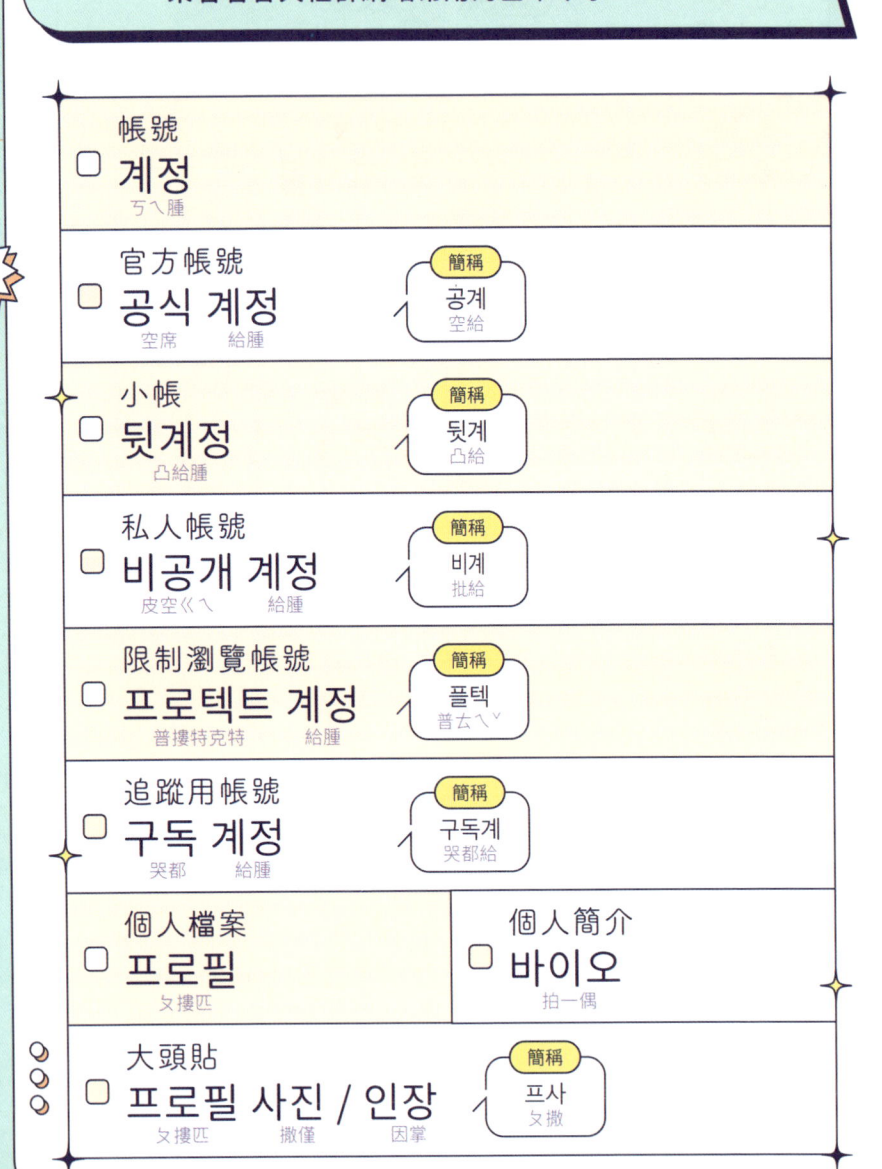

- 帳號
  □ 계정
  ㄎㄟ腫

- 官方帳號
  □ 공식 계정
  空席　給腫
  簡稱
  공계
  空給

- 小帳
  □ 뒷계정
  凸給腫
  簡稱
  뒷계
  凸給

- 私人帳號
  □ 비공개 계정
  皮空ㄍㄟ　給腫
  簡稱
  비계
  批給

- 限制瀏覽帳號
  □ 프로텍트 계정
  普摟特克特　給腫
  簡稱
  플텍
  普去ㄟ

- 追蹤用帳號
  □ 구독 계정
  哭都　給腫
  簡稱
  구독계
  哭都給

- 個人檔案
  □ 프로필
  ㄆ摟匹

- 個人簡介
  □ 바이오
  拍一偶

- 大頭貼
  □ 프로필 사진 / 인장
  ㄆ摟匹　撒僅　因章
  簡稱
  프사
  ㄆ撒

100

封面照片 ☐ 헤더 _{黑斗}	使用者 ☐ 유저 / 사용자 _{凵久　撒用甲}
使用者名稱 ☐ 유저 네임 _{凵久　內因}	通知 ☐ 알림 _{阿領}
主畫面 ☐ 홈 화면 _{哄　花咪優}	時間軸　（簡稱 탐라 塔拉） ☐ 타임라인 _{塔一木拉因}
私訊 ☐ 디엠 / 쪽지 _{滴欸畝　周擠}	쪽지直譯為「紙片、便條」，不過也常作「私訊」之意。
清單 ☐ 리스트 / 목록 _{哩絲特　瞉摟}	標籤 ☐ 태그 _{ㄊㄟ葛}
追蹤　（簡稱 팔로 啪摟） ☐ 팔로우 _{啪摟五}	追蹤者 ☐ 팔로워 _{啪摟我}
貼文 ☐ 포스팅 _{潑絲挺}	回覆 ☐ 답글 _{他葛}
貼文串 ☐ 타래 _{他咧}　在社群網站上指「針對某一貼文的一連串回覆」。	讚 ☐ 좋아요 _{糗挖喲}
愛心 ☐ 하트 / 마음 _{哈特　嗎嗯}	書籤 ☐ 북마크 _{撲嗎可}
收藏　（簡稱 즐찾 吃掐） ☐ 즐겨찾기 _{吃嘎掐ㄍ一ˇ}	提及 ☐ 멘션 _{棉顯}

CHAPTER 4　社群媒體・網路

101

留言 ☐ 댓글 ㄊㄟ葛	封鎖 ☐ 블락 / 차단 撲喇　叉膽
設為靜音 ☐ 뮤트 / 음소거 ㄇㄧㄨ特　嗯搜狗	退追蹤 ☐ 언팔 喔嗯啪

刪除帳號 ☐ 계폭 ㄎㄟ剖	계정(帳號) ㄎㄟ腫 ＋ 폭파(爆炸) 剖啪
善意留言 ☐ 선플 松ㄣ普	선(善) 松ㄣ ＋ 리플아이(回覆) 哩噗賴
惡意留言 ☐ 악플 阿普	악(惡) 阿 ＋ 리플아이(回覆) 哩噗賴
爆紅、暴漲 ☐ 떡상 豆嗓	떡(表強調之意) 豆 ＋ 상(上) 嗓

防搜尋 ☐ 서치 방지 搜七　旁幾	簡稱 써방 搜綁	
即時熱門搜尋 ☐ 실시간 검색어 西西甘　孔絲ㄟ狗	簡稱 실검 西拱	直譯為「實時關鍵字」，指當下被很多人搜尋的關鍵字。
相關關鍵字 ☐ 연관 검색어 傭關　孔絲ㄟ狗	簡稱 연검 傭拱	
熱門趨勢 ☐ 실시간 트렌드 西西甘　特連的	簡稱 실트 西特	

影像 ☐ **이미지** _{一咪幾}		畫報 ☐ **화보** _{花補}	在社群網路上指「刊登在雜誌上的照片」。
照片 ☐ **사진** _{撒緊}		話題 ☐ **화제 / 이슈** _{花解　　一咻}	
爆雷 ☐ **떡밥** _{都把}	直譯為「魚餌」，將爆雷話題比喻為魚餌。	自我搜尋 ☐ **에고 서핑** _{欸勾　搜品}	서핑為「衝浪」之意。
心得 ☐ **후기** _{乎ㄍㄧ}			直譯為「後記」，如果是「詳細心得」則可稱나노후기。
非粉也存 ☐ **팬아저** _{偏阿九}	原詞 **팬이 아니어도 저장** _{偏你　阿你喔都　秋講}		
按愛心 ☐ **맘찍** _{忙幾}			마음(愛心) _{馬嗯} + 찍다(按) _{基打}
收圖 ☐ **짤줍** _{渣主}			짤방(梗圖) _{渣綁} + 줍다(撿拾) _{出打}
提及派對 ☐ **멘션 파티** _{棉先　趴體}	簡稱 **멘파** _{免ㄆㄚˇ}		此為藝人與粉絲之間的線上互動形式，粉絲在社群平台上提及(mention)藝人的帳號留言，藝人則會隨機挑選留言回覆，與粉絲進行即時交流。

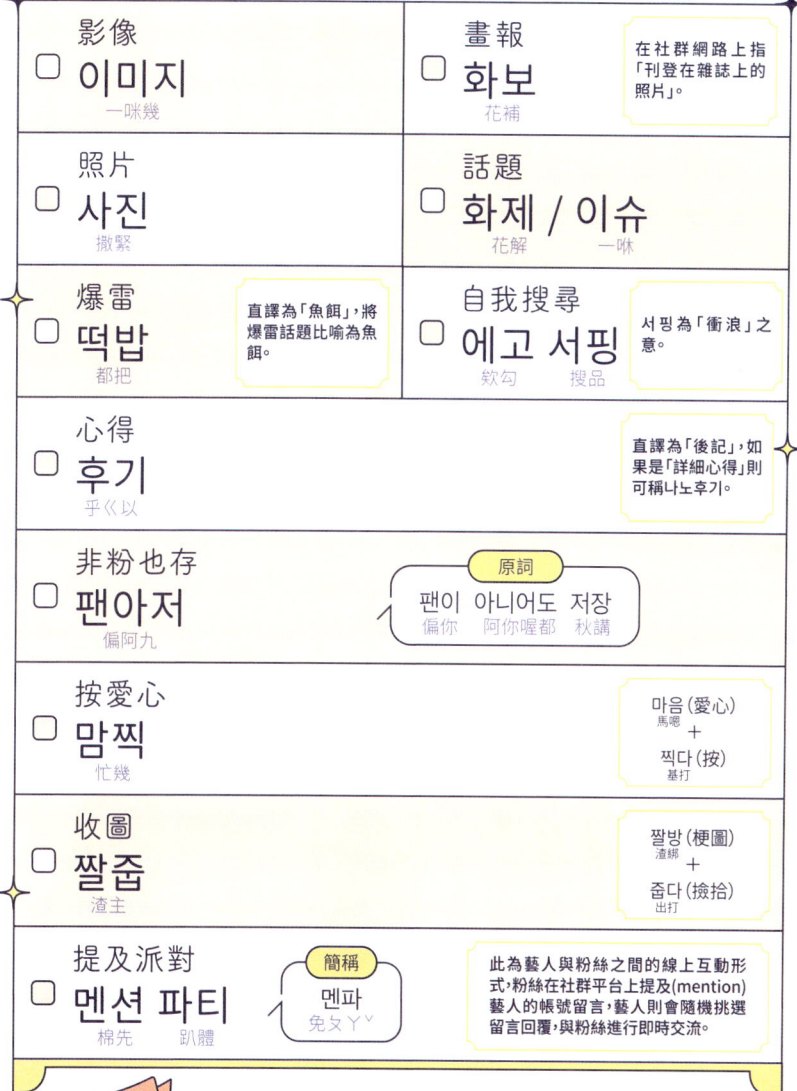

memo

有趣的圖像使用情境

為了表達不同情緒，會使用如貼圖般的網路圖像，此圖像就被稱為짤방。過去發文附圖可以「避免被刪文(짤리기 방지)」，因而衍生此單字。

CHAPTER 4　社群媒體、網路

103

CHAPTER 4

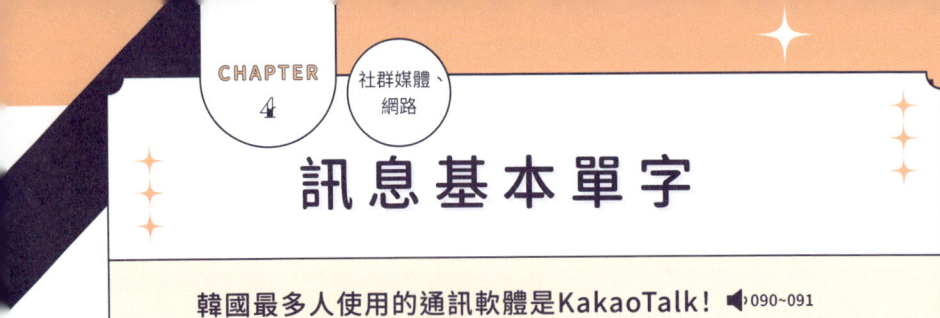

社群媒體、網路

訊息基本單字

韓國最多人使用的通訊軟體是KakaoTalk！ 🔊090~091

聊天訊息
채팅
切挺

大頭貼、圖示
아이콘
啊一孔恩

簡稱
임티
飲體

貼圖
이모티콘
一摸踢孔恩

104

CHAPTER 4 社群媒體、網路

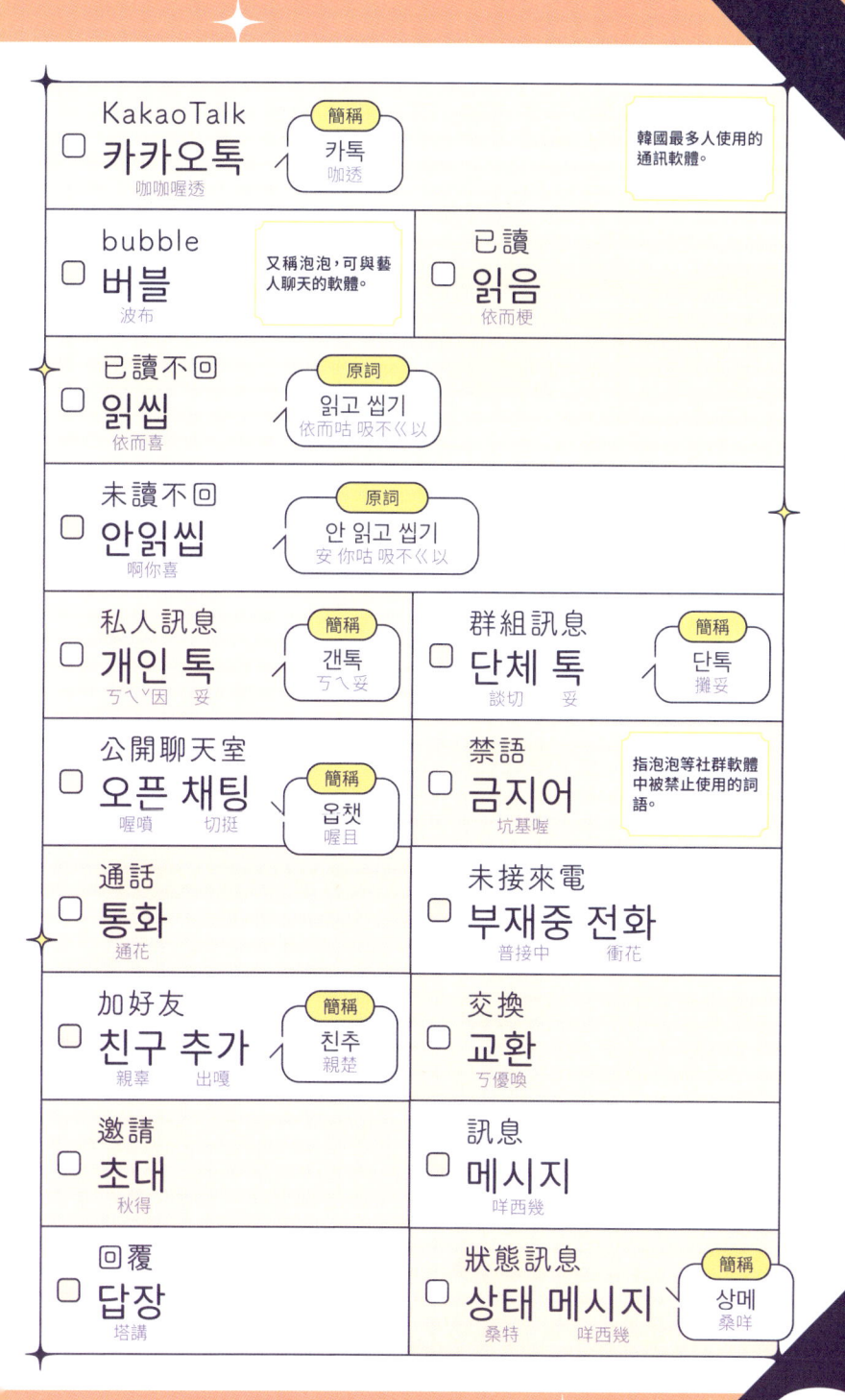

- **KakaoTalk** 카카오톡 咖咖喔透
  - 簡稱：카톡 咖透
  - 韓國最多人使用的通訊軟體。

- **bubble** 버블 波布
  - 又稱泡泡，可與藝人聊天的軟體。

- **已讀** 읽음 依而梗

- **已讀不回** 읽씹 依而喜
  - 原詞：읽고 씹기 依而咕 吸不ㄍ以

- **未讀不回** 안읽씹 啊你喜
  - 原詞：안 읽고 씹기 安 你咕 吸不ㄍ以

- **私人訊息** 개인 톡 ㄎㄟˇ因 妥
  - 簡稱：갠톡 ㄎㄟˇ妥

- **群組訊息** 단체 톡 談切 妥
  - 簡稱：단톡 攤妥

- **公開聊天室** 오픈 채팅 喔噴 切挺
  - 簡稱：옵챗 喔且

- **禁語** 금지어 坑基喔
  - 指泡泡等社群軟體中被禁止使用的詞語。

- **通話** 통화 通花

- **未接來電** 부재중 전화 普接中 衝花

- **加好友** 친구 추가 親幸 出嘎
  - 簡稱：친추 親楚

- **交換** 교환 ㄎ優喚

- **邀請** 초대 秋得

- **訊息** 메시지 咩西幾

- **回覆** 답장 塔講

- **狀態訊息** 상태 메시지 桑特 咩西幾
  - 簡稱：상메 桑咩

105

CHAPTER 4 社群媒體、網路

網路聊天用語

能猜出這些密碼般的網路聊天用語原本是什麼字嗎？ 092~093

嗯嗯 ㅇㅇ — 原詞 응응 ㄥㄥ	哈哈哈 ㅋㅋㅋ — 原詞 ㅋㅋㅋ ㄎㄎㄎ
呵呵呵 ㅎㅎㅎ — 原詞 흐흐흐 ㄏㄏㄏ	哭哭 ㅜㅜ / ㅠㅠ（表現從眼睛流下眼淚的樣子。）
煩死了 ㅉㅈㄴ — 原詞 짜증나 渣金哪	抖抖 ㄷㄷ — 原詞 덜덜 投儿斗儿
撲通撲通 ㄷㄱㄷㄱ — 原詞 두근두근 凸根土根	辛苦了 ㅅㄱ — 原詞 수고 蘇狗
為什麼？ ㅇ? — 原詞 왜? 微	沒關係 ㄱㅊ — 原詞 괜찮아 肯掐拿
謝謝 ㄱㅅ — 原詞 감사 康薩	抱歉 ㅈㅅ — 原詞 죄송 缺慫
我愛你 ㅅㄹㅎ — 原詞 사랑해 撒啷嘿	嗨 ㅎㅇ — 原詞 하이 哈宜
哪裡 ㅇㄷ — 原詞 어디 偶迪	等等 ㄱㄷ — 原詞 기다려 ㄎㄧ搭柳

106

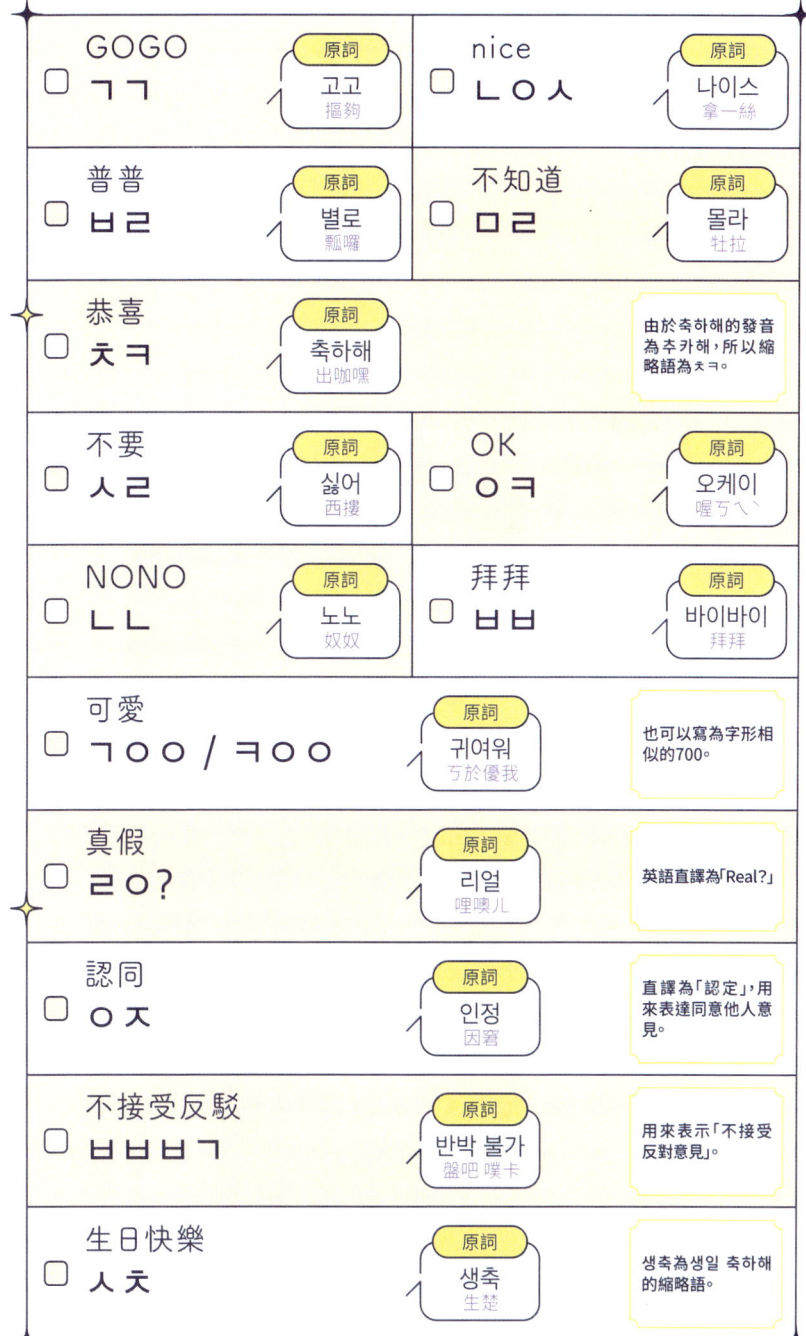

☐ GOGO ㄱㄱ	原詞 고고 摳夠	☐ nice ㄴㅇㅅ	原詞 나이스 拿一絲
☐ 普普 ㅂㄹ	原詞 별로 瓢囉	☐ 不知道 ㅁㄹ	原詞 몰라 牡拉
☐ 恭喜 ㅊㅋ	原詞 축하해 出咖嘿	由於축하해的發音為추카해，所以縮略語為ㅊㅋ。	
☐ 不要 ㅅㄹ	原詞 싫어 西摟	☐ OK ㅇㅋ	原詞 오케이 喔ㄎㄟˋ
☐ NONO ㄴㄴ	原詞 노노 奴奴	☐ 拜拜 ㅂㅂ	原詞 바이바이 拜拜
☐ 可愛 ㄱㅇㅇ / ㅋㅇㅇ	原詞 귀여워 ㄎ於優我	也可以寫為字形相似的700。	
☐ 真假 ㄹㅇ?	原詞 리얼 哩噢ㄦ	英語直譯為「Real?」	
☐ 認同 ㅇㅈ	原詞 인정 因窘	直譯為「認定」，用來表達同意他人意見。	
☐ 不接受反駁 ㅂㅂㅂㄱ	原詞 반박 불가 盤吧 噗卡	用來表示「不接受反對意見」。	
☐ 生日快樂 ㅅㅊ	原詞 생축 生楚	생축為생일 축하해的縮略語。	

CHAPTER 4

社群媒體、網路

107

CHAPTER 4 社群媒體、網路

Hashtag

打上這些Hashtag,你也能一秒成為韓國女生♡　🔊 094~097

#自拍
#셀카
絲ㄟ卡

簡稱
#친스타
親絲塔

#友誼IG
#친스타그램
親絲他個臉

#친스타그램

Hashtag
해시태그
嘿西去ㄟ葛

108

※在韓國,「○○Instagram」可簡稱為「○○스타」或「○○그램」。本篇分享的縮略語皆為作者實際查詢發文數量後,選用在社群媒體上較常使用的標籤。(2024年2月數據)

動態消息 ☐ **피드** _{批的}	限時動態 ☐ **스토리** _{絲凸哩}	
#互讚 ☐ **#좋반** _{秋板}	#歡迎按讚 ☐ **#좋아요환영** _{糗哇唷換永}	
#立刻回追 ☐ **#팔로우반사** _{啪囉嗚盤灑}	#回追 ☐ **#팔로우백** _{啪囉嗚貝}	
#先追 ☐ **#선팔** _{松怕兒}	#followme ☐ **#팔로우미** _{啪囉嗚咪}	
#互追 ☐ **#맞팔** _{馬啪}	#交流 ☐ **#소통** _{搜捅}	直譯為「疏通」。
#IG好友 ☐ **#인친** _{因寢}		인스타그램(Instagram) _{因絲他個臉} ＋ 친구(朋友) _{親古}
#贊助 ☐ **#협찬** _{厂唷慘}		直譯為「協贊」。
#自費購買 ☐ **#내돈내산** _{內頓內山}	原詞 내 돈 주고 내가 산 물건 _{內頓 秋咕 內嘎 山 畝ㄌ共}	指非業配商品。
#自拍IG ☐ **#셀스타그램** _{ㄙㄟ絲他個臉}	簡稱 **#셀스타** _{絲ㄟ絲塔}	
#唸書IG ☐ **#공스타그램** _{孔絲他個臉}	簡稱 **#공스타** _{空絲塔}	

CHAPTER 4 社群媒體、貓器

109

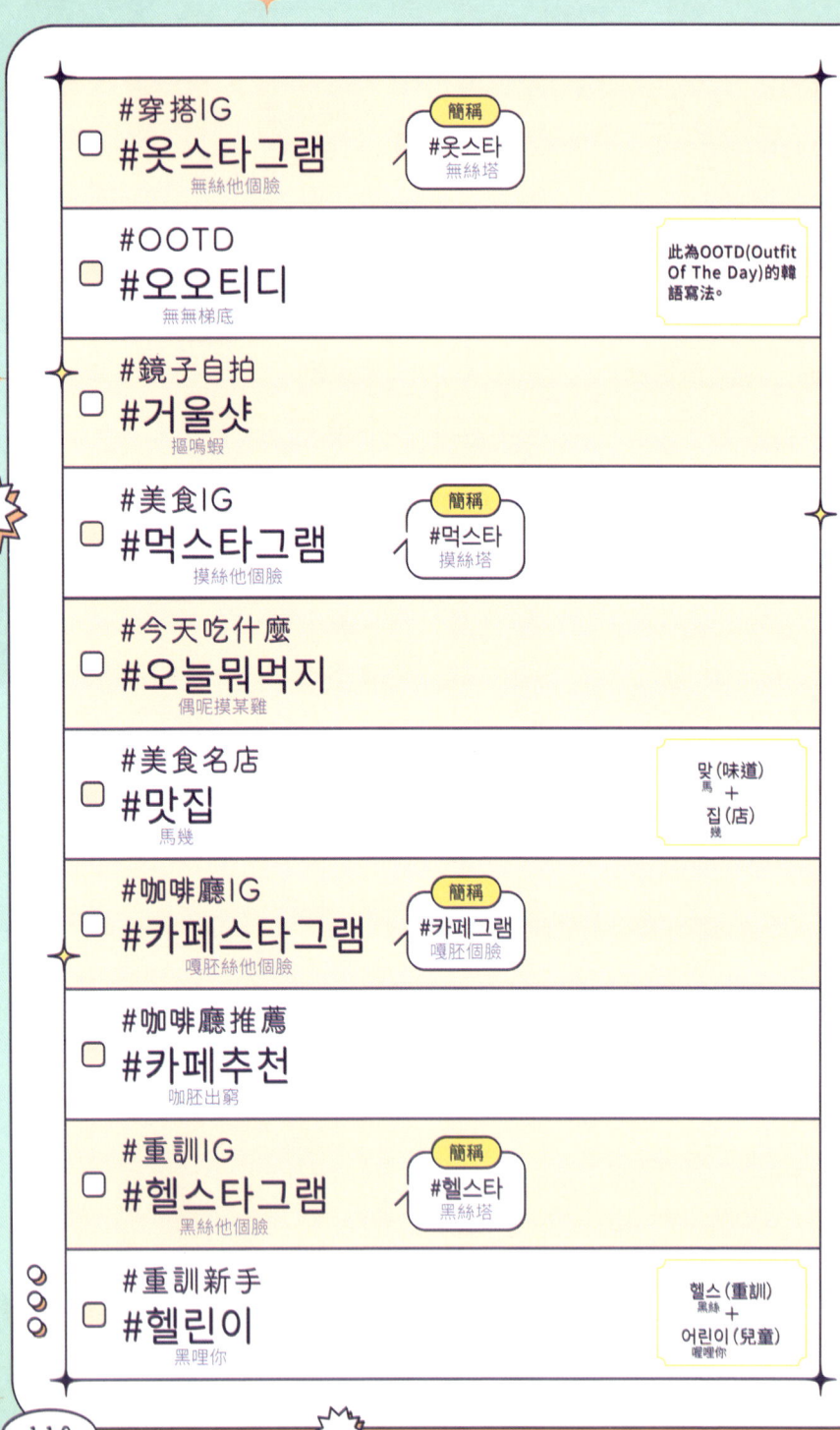

- [ ] #穿搭IG
  #옷스타그램
  無絲他個臉

  簡稱 #옷스타 無絲塔

- [ ] #OOTD
  #오오티디
  無無梯底

  此為OOTD(Outfit Of The Day)的韓語寫法。

- [ ] #鏡子自拍
  #거울샷
  摳嗚蝦

- [ ] #美食IG
  #먹스타그램
  摸絲他個臉

  簡稱 #먹스타 摸絲塔

- [ ] #今天吃什麼
  #오늘뭐먹지
  偶呢摸某雞

- [ ] #美食名店
  #맛집
  馬幾

  맞(味道) 馬 ＋ 집(店) 幾

- [ ] #咖啡廳IG
  #카페스타그램
  嘎胚絲他個臉

  簡稱 #카페그램 嘎胚個臉

- [ ] #咖啡廳推薦
  #카페추천
  咖胚出窮

- [ ] #重訓IG
  #헬스타그램
  黑絲他個臉

  簡稱 #헬스타 黑絲塔

- [ ] #重訓新手
  #헬린이
  黑哩你

  헬스(重訓) 黑絲 ＋ 어린이(兒童) 喔哩你

110

☐	#日常IG **#일상스타그램** _{以桑絲他個臉}	簡稱 #일상그램 _{以桑個臉}
☐	#日常 **#일상** _{以桑}	
☐	#悠閒 **#여유** _{唷與}	
☐	#休假 **#휴가** _{厂優嘎}	
☐	#居家IG **#집스타그램** _{期絲他個臉}	簡稱 #집스타 _{期絲塔}
☐	#居家佈置 **#집꾸미기** _{期咕咪《以}	
☐	#旅行IG **#여행스타그램** _{唷黑絲他個臉}	簡稱 #여행그램 _{唷黑個臉}
☐	#出國旅行 **#해외여행** _{嘿喂唷黑}	
☐	#韓國旅行 **#한국여행** _{憨咕唷黑}	
☐	#友情旅行 **#우정여행** _{嗚窘唷黑}	

CHAPTER 4

社群媒體・網路

111

CHAPTER 4 社群媒體、網路

網路用語、流行語

自己要用可能有點難，不過懂了就會覺得很有趣！ 098~101

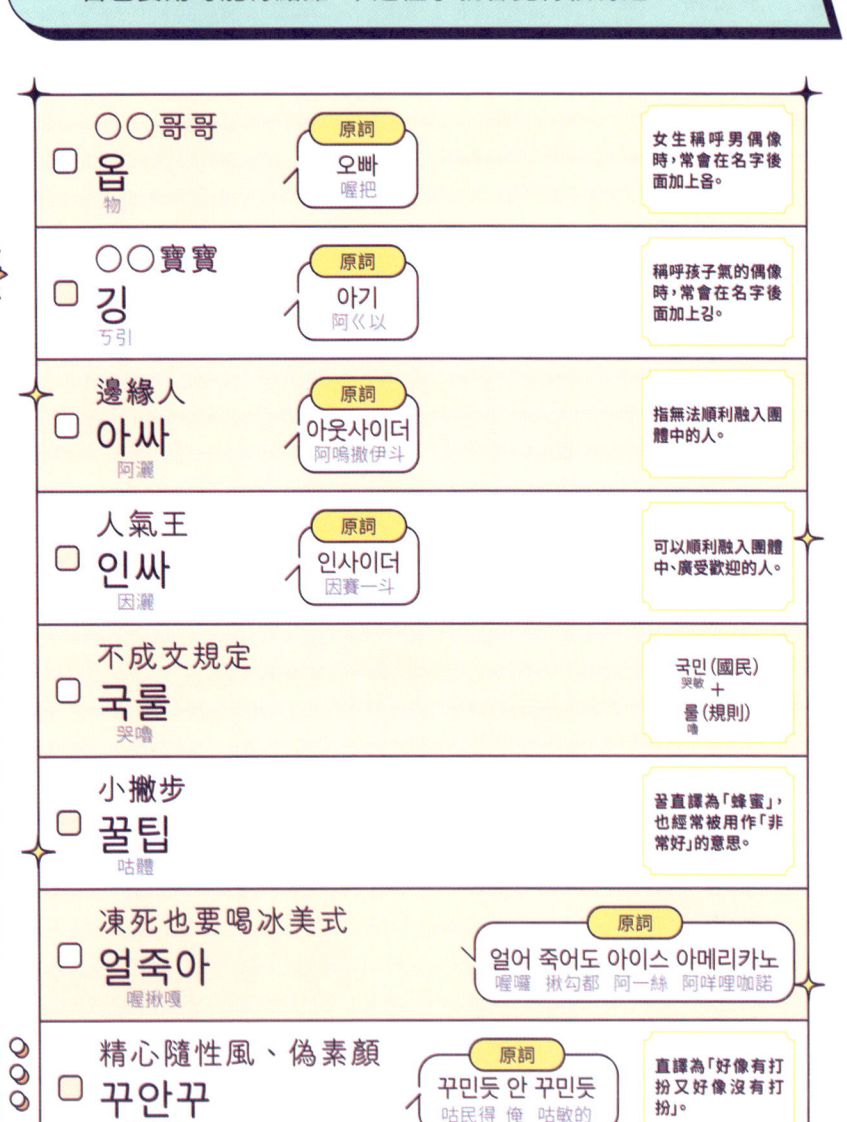

- ☐ ○○哥哥
  옵
  物
  原詞：**오빠** 喔把
  女生稱呼男偶像時，常會在名字後面加上옵。

- ☐ ○○寶寶
  깅
  ㄎㄧ
  原詞：**아기** 阿ㄍㄧ
  稱呼孩子氣的偶像時，常會在名字後面加上깅。

- ☐ 邊緣人
  아싸
  阿灑
  原詞：**아웃사이더** 阿嗚撒伊斗
  指無法順利融入團體中的人。

- ☐ 人氣王
  인싸
  因灑
  原詞：**인사이더** 因賽一斗
  可以順利融入團體中、廣受歡迎的人。

- ☐ 不成文規定
  국룰
  哭嚕
  국민(國民) 哭敏 ＋ 룰(規則) 嚕

- ☐ 小撇步
  꿀팁
  咕體
  꿀直譯為「蜂蜜」，也經常被用作「非常好」的意思。

- ☐ 凍死也要喝冰美式
  얼죽아
  喔揪嘎
  原詞：**얼어 죽어도 아이스 아메리카노** 喔囉 揪勾都 阿一絲 阿咪哩咖諾

- ☐ 精心隨性風、偽素顏
  꾸안꾸
  咕安咕
  原詞：**꾸민듯 안 꾸민듯** 咕民得 俺 咕敏的
  直譯為「好像有打扮又好像沒有打扮」。

112

半語模式
☐ **반모**
潘某

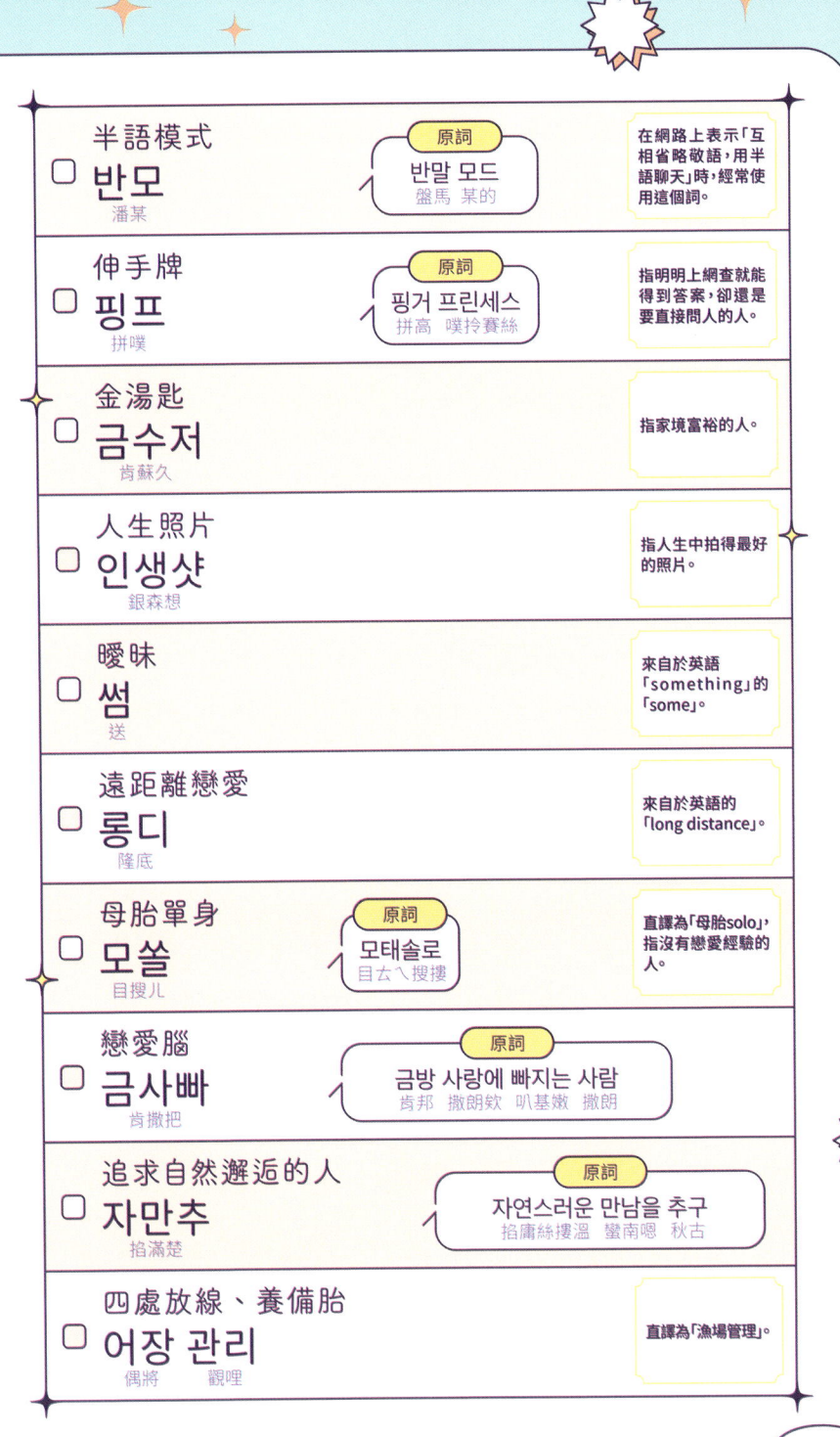

原詞: 반말 모드
盤馬 某的

在網路上表示「互相省略敬語,用半語聊天」時,經常使用這個詞。

伸手牌
☐ **핑프**
拼噗

原詞: 핑거 프린세스
拼高 噗拎賽絲

指明明上網查就能得到答案,卻還是要直接問人的人。

金湯匙
☐ **금수저**
肯蘇久

指家境富裕的人。

人生照片
☐ **인생샷**
銀森想

指人生中拍得最好的照片。

曖昧
☐ **썸**
送

來自於英語「something」的「some」。

遠距離戀愛
☐ **롱디**
隆底

來自於英語的「long distance」。

母胎單身
☐ **모쏠**
目搜几

原詞: 모태솔로
目ㄊㄟˇ搜摟

直譯為「母胎solo」,指沒有戀愛經驗的人。

戀愛腦
☐ **금사빠**
肯撒把

原詞: 금방 사랑에 빠지는 사람
肯邦 撒朗欸 叭基嫩 撒朗

追求自然邂逅的人
☐ **자만추**
掐滿楚

原詞: 자연스러운 만남을 추구
掐庸絲摟溫 蠻南嗯 秋古

四處放線、養備胎
☐ **어장 관리**
偶將 觀哩

直譯為「漁場管理」。

CHAPTER 4 社群媒體、網路

113

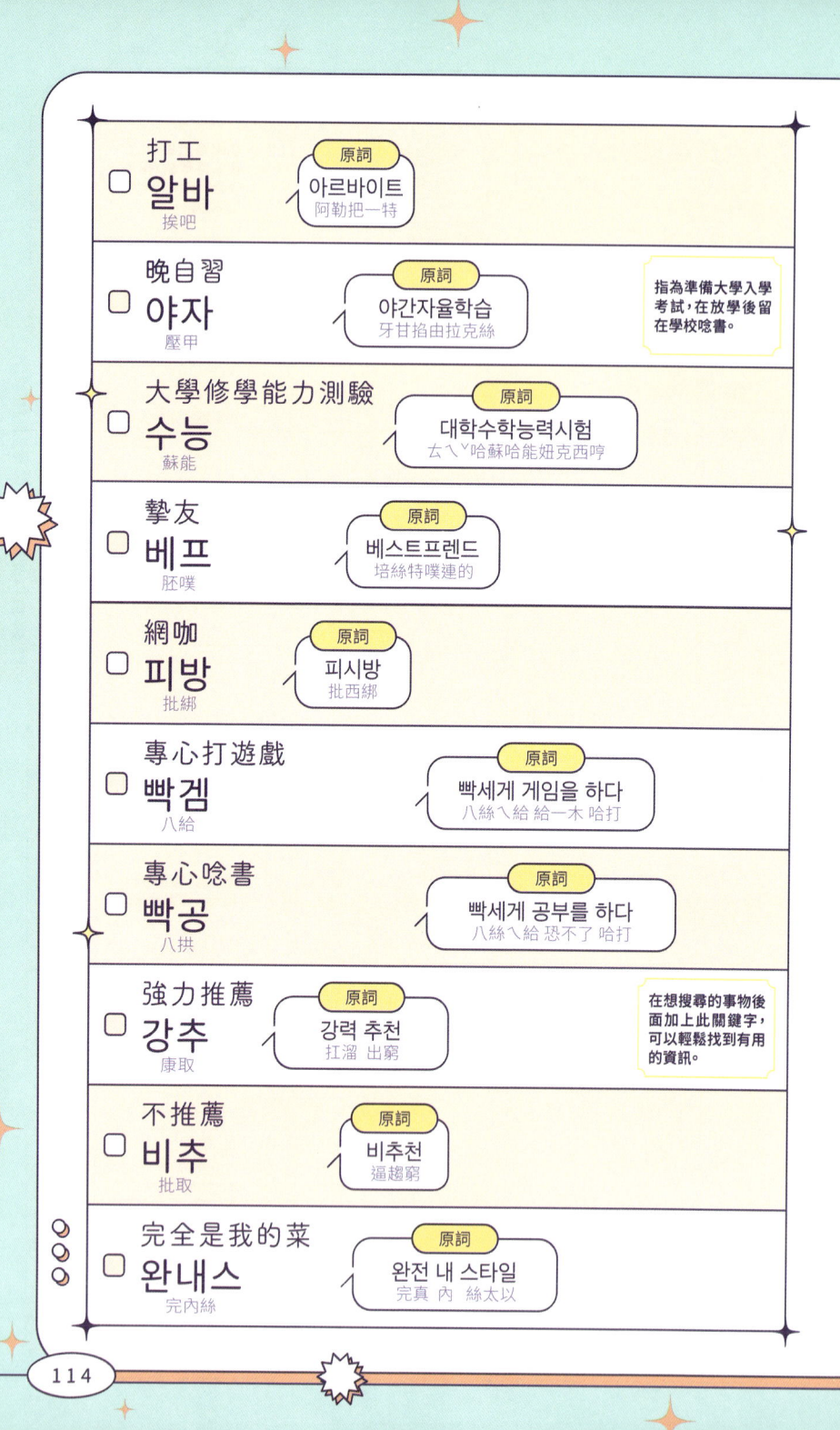

中文	韓文	音譯	原詞	原詞音譯	備註
打工	알바	挨吧	아르바이트	阿勒把一特	
晚自習	야자	壓甲	야간자율학습	牙甘揸由拉克絲	指為準備大學入學考試，在放學後留在學校唸書。
大學修學能力測驗	수능	蘇能	대학수학능력시험	ㄊㄟˇ哈蘇哈能妞克西哼	
摯友	베프	胚噗	베스트프렌드	培絲特噗連的	
網咖	피방	批綁	피시방	批西綁	
專心打遊戲	빡겜	八給	빡세게 게임을 하다	八絲ㄟ給 給一木 哈打	
專心唸書	빡공	八拱	빡세게 공부를 하다	八絲ㄟ給 恐不了 哈打	
強力推薦	강추	康取	강력 추천	扛溜 出窮	在想搜尋的事物後面加上此關鍵字，可以輕鬆找到有用的資訊。
不推薦	비추	批取	비추천	逼趨窮	
完全是我的菜	완내스	完內絲	완전 내 스타일	完真 內 絲太以	

最高級、滿級
☐ **만렙**
蠻咧

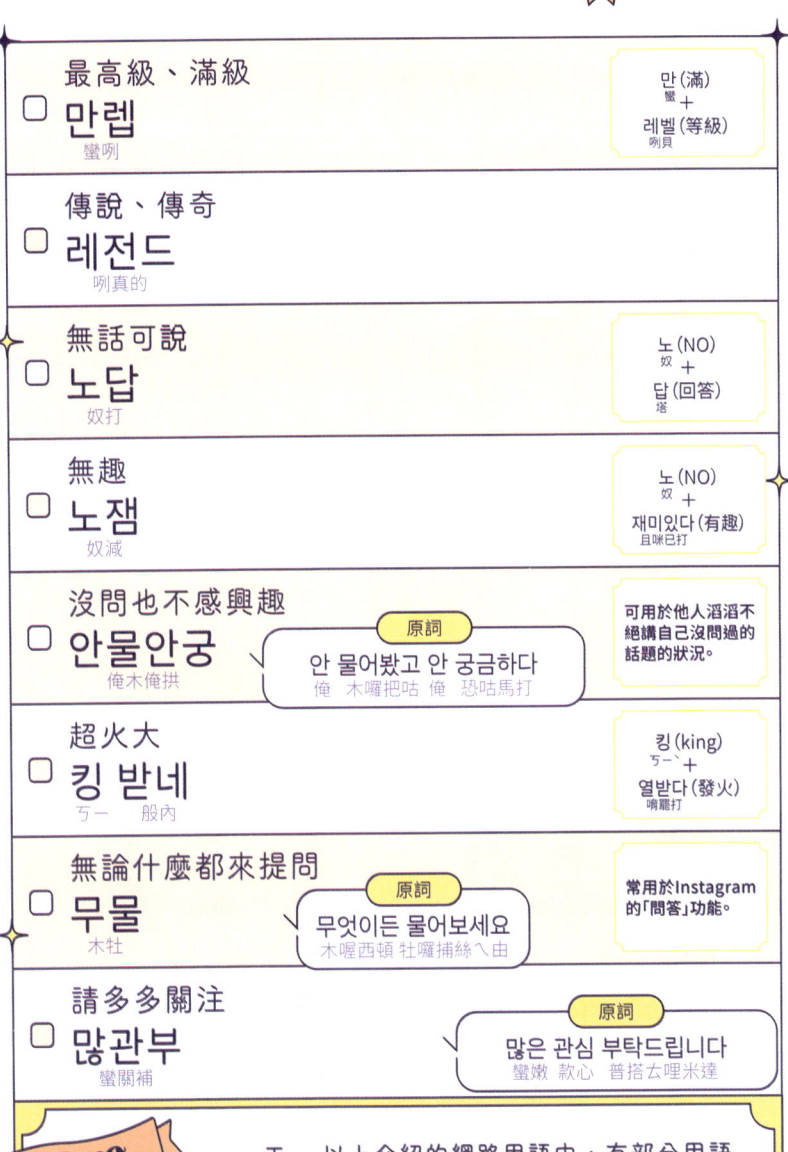

만(滿)
蠻
+
레벨(等級)
咧貝

傳說、傳奇
☐ **레전드**
咧真的

無話可說
☐ **노답**
奴打

노(NO)
奴
+
답(回答)
塔

無趣
☐ **노잼**
奴減

노(NO)
奴
+
재미있다(有趣)
且咪已打

沒問也不感興趣
☐ **안물안궁**
俺木俺拱

原詞
안 물어봤고 안 궁금하다
俺 木喔把咕 俺 恐咕馬打

可用於他人滔滔不絕講自己沒問過的話題的狀況。

超火大
☐ **킹 받네**
丂ㄧ 般內

킹(king)
丂ㄧ
+
열받다(發火)
响罷打

無論什麼都來提問
☐ **무물**
木牡

原詞
무엇이든 물어보세요
木喔西頓 牡喔捕絲ㄟ由

常用於Instagram的「問答」功能。

請多多關注
☐ **많관부**
蠻關補

原詞
많은 관심 부탁드립니다
蠻嫩 款心 普搭去哩米達

memo
網路用語要小心使用

以上介紹的網路用語中，有部分用語如果使用時機不恰當，可能會看起來不禮貌。建議韓語初學者先別急著自己使用，先以看懂偶像的社群發文做為目標學習。

CHAPTER 4 社群媒體、網路

115

CHAPTER 4 社群媒體、網路

MBTI

在網路上就能輕鬆完成的16型人格測驗！ 🔊 102~109

完美主義者
완벽주의자
完飆取以甲

獨立的
독립적이다
統你九ㄍㄨ一打

有策略的
전략적이다
窮ㄌ壓九ㄍㄨ一打

有邏輯的
논리적이다
奴哩九ㄍㄨ一打

工作狂
워커홀릭
喔摳吼哩

獨來獨往
자발적 아싸
掐掰揪 阿灑

> 直譯為「自發性不融入團體的人」。

INTJ **인티제**
因踢解

INTP **인팁**
因體

充滿熱情的
열정적이다
哊窘九ㄍㄧ打

有氣勢
카리스마가 있다
咖哩絲嗎嘎　　一打

有領導能力
리더십이 있다
哩得西碧　　一打

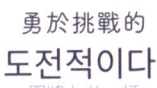

勇於挑戰的
도전적이다
圖將九ㄍㄧ打

反覆無常、善變
변덕이 심하다
偏永都ㄍㄧ　西馬打

隨和的、灑脫的
털털하다
特儿特儿哈打

CHAPTER 4
社群媒體、網路

ENTP **엔팁**
恩踢

ENTJ **엔티제**
恩踢解

117

冷靜的
냉정하다
零窘啊打

有計畫的
계획적이다
丂ㄟˊ灰九ㄍㄧ打

保守的
보수적이다
葡蘇九ㄍㄧ打

奉獻的、盡心盡力的
헌신적이다
哼辛九ㄍㄧ打

誠懇的、實在的
성실하다
松西哈打

仔細的
꼼꼼하다
共共哈打

ISTJ 잇티제
疑踢解

ISFJ 잇프제
疑嘆解

勤勞的
부지런하다
葡基籠哈打

嚴謹的
깐깐하다
乾乾哈打

嚴格的
엄격하다
喔牡ㄍㄜ優咖打

細心的
세심하다
絲ㄟ辛哈打

善於交際的
사교적이다
撒ㄍㄍ優九ㄍㄍㄧ打

親切的
친절하다
親周哈打

CHAPTER 4
社群媒體、網路

ESTJ **엣티제**
欸踢解

ESFJ **엣프제**
欸噗解

119

和平主義者 **평화주의자** 夂庸花取以甲	理想主義者 **이상주의자** 以桑取以甲
內向的 **내성적이다** 餃松九巜一打	心思細膩的 **섬세하다** 松絲ㄟ哈打
安靜的 **조용하다** 取庸哈打	想像力豐富的 **상상력이 풍부하다** 桑桑有巜一　烹不啊打

INFJ **인프제**
銀噗解

INFP **인프피**
銀噗匹

善解人意
배려심이 많다
培溜西咪　螢塔

重感情
정이 많다
窮衣　螢塔

充滿正義感
정의감이 넘치다
窮衣甘咪　濃七打

外向的
외향적이다
微厂央九巜一打

充滿好奇心
호기심이 많다
駒巜一辛咪　螢塔

興致高昂
흥이 많다
哼衣　螢塔

CHAPTER 4
社群媒體、網路

ENFJ **엔프제**
恩噗解

ENFP **엔프피**
恩舖匹

121

個人主義者
개인주의자
ㄍㄟˊ因主以甲
冷淡的
쿨하다
哭哈打
沉默寡言的
과묵하다
垮木哈打

善良的
착하다
掐卡打
有美感
미적 센스가 있다
咪揪　森絲嘎　一打
怕生的
낯을 가리다
拿吃　咖哩打

ISTP　잇팁
一踢

ISFP　잇프피
一噗匹

現實的
현실적이다
ㄏ庸西九ㄍㄧ打

勇敢的
겁이 없다
摳比　喔不打

不記仇的
뒤끝이 없다
腿割七　喔不打

樂觀的
낙관적이다
拿關九ㄍㄧ打

活潑的
활발하다
花八喇打

情緒高昂的
하이텐션이다
哈一天香你打

CHAPTER 4
社群媒體／網路

ESTP **엣팁**
欸體

ESFP **엣프피**
欸噗匹

column 社群交流常用句

以下是在社群媒體上回覆韓國粉絲或網紅的貼文時常用的短句。

🔊 110

我是一直默默支持你的台灣人。
조용히 응원하던 대만인입니다.
抽庸伊　　嗯窩哪登　　ㄊㄟ滿您因咪打

往後也會期待上傳的照片。
앞으로도 올라올 사진들 기대됩니다.
阿噗摟都　　嗚拉喔　　撒斤得　　ㄎ以ㄉㄟ推咪打

> 網路上尊稱他人時，不會使用씨，而是使用님。

○○的照片一直都是最棒的！
○○님 사진 항상 최고입니다!
ㄉㄟㄉㄟ您　　撒斤　　夯桑　　吹勾因咪打

> 表達感謝對方上傳照片時使用。

我看得很開心。
잘 보고 갑니다.
柴　　噗估　　卡咪打

請告訴我○○的消息。
○○정보를 좀 알려 주세요.
ㄉㄟㄉㄟ窮噗勒　　揪　　阿溜　　揪絲ㄟ唷

你的回應讓我很開心。
그렇게 말씀해 주셔서 기쁩니다.
苦摟ㄎㄟ　　馬ㄟ絲妹　　揪修搜　　ㄎ以噗咪達

謝謝你一直以來的觀看。
항상 봐 주셔서 너무 감사합니다.
夯桑ㄆㄨㄚ　　揪修搜　　ㄋ歐木　　扛桑哈咪打

124

CHAPTER
5

觀光

CHAPTER 5 觀光

交通

從飛機到計程車，來學習跟交通有關的基本單字吧！ 111~114

機場 공항 空航	飛機 비행기 皮黑ㄍㄧ （簡稱 뱅기 偏ㄍㄧ）
入境 입국 ㄧ古	出境 출국 區ㄖ古
來回 왕복 汪跛	單程 편도 偏賭
護照 여권 唷滾	安全帶 안전벨트 安征貝特
轉乘 환승 歡ㄙㄥˇ	緊急 긴급 ㄎ因葛
韓國人 한국인 憨咕ㄍ引	台灣人 대만인 ㄉㄟ滿您
韓語 한국어 憨咕苟	中文 중국어 中咕苟
延誤 지연 七擁	手續費 수수료 蘇蘇柳

126

預約者 ☐ 예매자 耶咩甲	預約號碼 ☐ 예약 번호 耶呀　蹦弄
完成 ☐ 완료 歪柳	匯款 ☐ 입금 一滾
購買 ☐ 구입 哭以	國籍 ☐ 국적 哭腳
姓名 ☐ 이름 一潤　　（尊稱「對方姓名」時會說성함。）	有效期限 ☐ 유효 기한 於ㄏ優　ㄎ以喊
加值 ☐ 충전 窮窘	地鐵 ☐ 지하철 齊哈糗
T-money卡 ☐ 티머니카드 提某呢咖的　（韓國交通卡的名稱，也有電子支付功能。）	
公車 ☐ 버스 潑絲	車站 ☐ 정류장 窮妞講
計程車 ☐ 택시 ㄊㄟㄎ喜	搭乘處、月台 ☐ 승강장 生剛講
販賣機 ☐ 발매기 排咩ㄎ以	指引 ☐ 안내 安餒
地圖 ☐ 지도 七堵	目的地 ☐ 목적지 木揪幾

現在位置 ☐ 현재위치 ㄏ庸接喂起	站 ☐ 역 有
路線 ☐ 노선 奴掃嗯	自由座 ☐ 자유석 掐ㄩ搜
對號座 ☐ 지정석 期將搜	車 ☐ 차 洽
乘車處 ☐ 타는 곳 他嫩　苟	司機 ☐ 기사님 ㄎ宜撒撐
空車 ☐ 빈차 拼掐	折返車 ☐ 회차 灰掐
費用 ☐ 요금 唷梗	零錢 ☐ 잔돈 / 거스름돈 參頓　摳絲潤頓
後車箱 ☐ 트렁크 特嚨可	距離 ☐ 거리 摳哩
道路 ☐ 길 ㄎ以	十字路口 ☐ 사거리 撒勾理
請到○○。 ☐ ○○에 가 주세요. 欸　卡　揪絲ㄟˇ唷	
請到這邊。 ☐ 여기로 가 주세요. 唷《一摟　卡　揪絲ㄟˇ唷	開啟地圖應用程式或目的地筆記給司機看時，可以說這句話。

請幫我把這個行李搬上去。
- 이 짐을 실어 주세요.
  宜　　起ㄇ　　西囉　　揪ㄙㄟˇ喲

> 要把行李放進後車廂時,可以說這句話。

可以開快一點嗎?
- 서둘러 주시겠어요?
  搜嘟囉　　渠西給撒喲

可以開窗戶嗎?
- 창문 열어도 돼요?
  槍木　　唷囉都　　腿喲

請幫我開冷氣/暖氣。
- 냉방 / 난방 틀어 주세요.
  擰綁　　南綁　　特囉　　揪ㄙㄟˇ喲

請在這邊停車。
- 여기서 세워 주세요.
  喲ㄍ一搜　　ㄙㄟ窩　　揪ㄙㄟˇ喲

多少錢?
- 얼마예요?
  喔兒嗎ㄟ喲

我用這個結帳。
- 이걸로 결제해 주세요.
  一勾嚕　　丂由介嘿　　揪ㄙㄟˇ喲

請給我收據。
- 영수증 주세요.
  永蘇爭　　揪ㄙㄟˇ喲

memo
叫車應用程式很方便!

下載叫車應用程式的話,等車和確認目的地的過程都會更順利。而且這些應用程式能估算大略金額,避免被敲竹槓。另外,不要忘記韓國計程車要自己開關車門喔。

CHAPTER 5　觀光

CHAPTER 5 觀光

結帳

被問「需要塑膠袋嗎？」、「要不要集點？」就不會慌！ 115~116

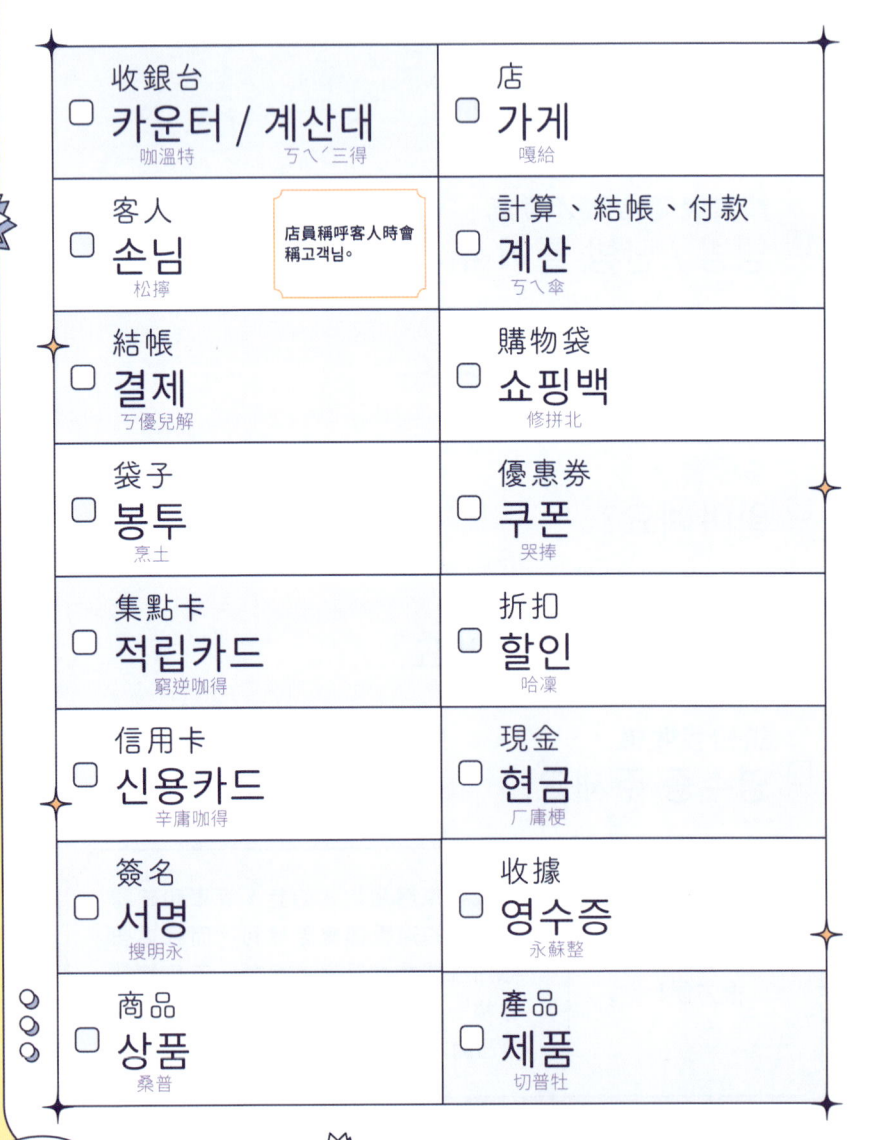

收銀台	店
☐ 카운터 / 계산대	☐ 가게
咖溫特　ㄎㄟˊ三得	嘎給

客人	計算、結帳、付款
☐ 손님	☐ 계산
松擰	ㄎㄟ傘

店員稱呼客人時會稱고객님。

結帳	購物袋
☐ 결제	☐ 쇼핑백
ㄎ優兒解	修拼北

袋子	優惠券
☐ 봉투	☐ 쿠폰
烹土	哭捧

集點卡	折扣
☐ 적립카드	☐ 할인
窮逆咖得	哈凜

信用卡	現金
☐ 신용카드	☐ 현금
辛庸咖得	ㄏ庸梗

簽名	收據
☐ 서명	☐ 영수증
搜明永	永蘇整

商品	產品
☐ 상품	☐ 제품
桑普	切普牡

130

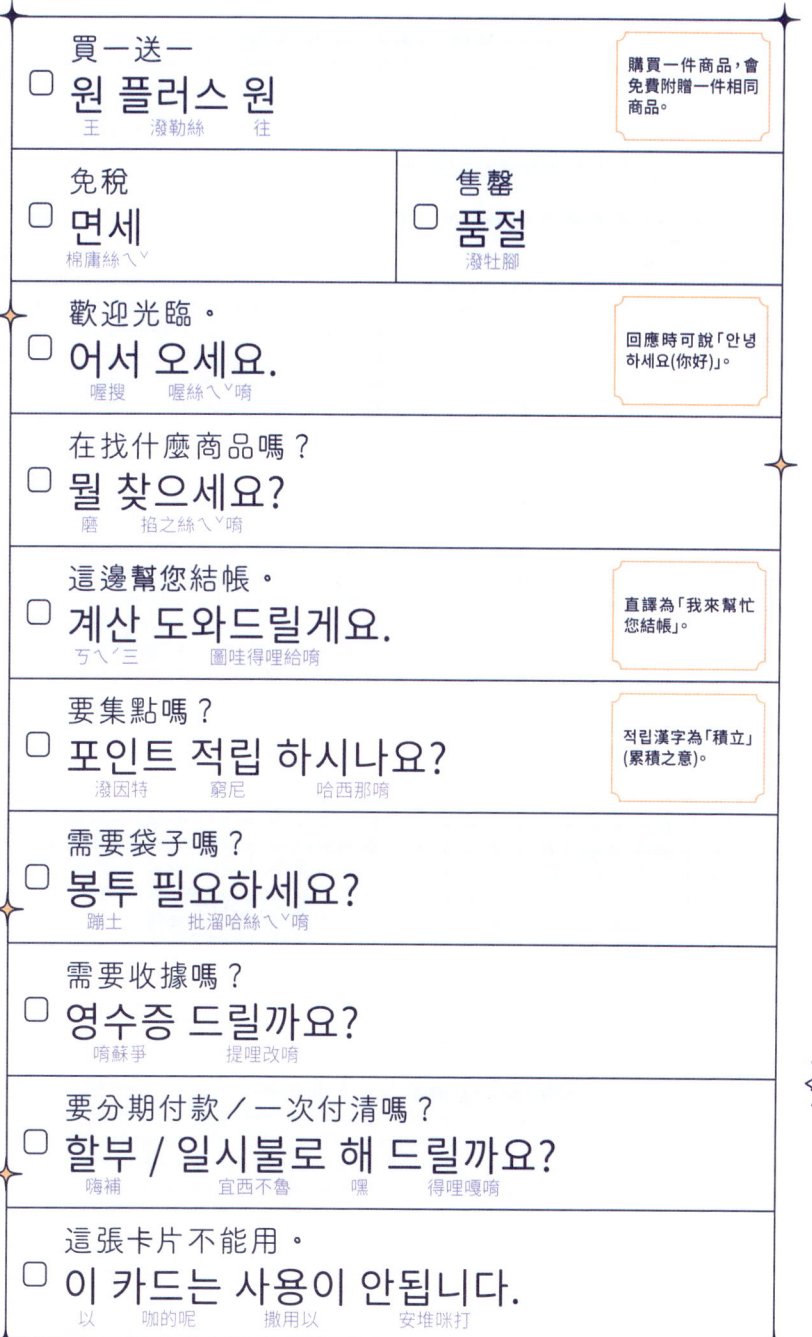

☐ 買一送一 **원 플러스 원** _{王　　潑勒스　往}	購買一件商品，會免費附贈一件相同商品。

☐ 免稅 **면세** _{棉庸絲ㄟˇ}		☐ 售罄 **품절** _{潑牡腳}	

☐ 歡迎光臨。 **어서 오세요.** _{喔搜　　喔絲ㄟˇ喲}	回應時可說「안녕하세요(你好)」。

☐ 在找什麼商品嗎？ **뭘 찾으세요?** _{麼　掐之絲ㄟˇ喲}

☐ 這邊幫您結帳。 **계산 도와드릴게요.** _{ㄎㄟˇ三　　圖哇得哩給喲}	直譯為「我來幫忙您結帳」。

☐ 要集點嗎？ **포인트 적립 하시나요?** _{潑因特　　窮尼　　哈西那喲}	적립漢字為「積立」(累積之意)。

☐ 需要袋子嗎？ **봉투 필요하세요?** _{蹦土　　批溜哈絲ㄟˇ喲}

☐ 需要收據嗎？ **영수증 드릴까요?** _{唷蘇爭　　提哩改喲}

☐ 要分期付款／一次付清嗎？ **할부 / 일시불로 해 드릴까요?** _{嗨補　　宜西不魯　嘿　得哩嘎喲}

☐ 這張卡片不能用。 **이 카드는 사용이 안됩니다.** _{以　咖的呢　　撒用以　　安堆咪打}

CHAPTER 5

觀光

CHAPTER 5 觀光

咖啡廳巡禮

在本命生日時造訪韓國咖啡廳，收集應援杯套吧！ 🔊 117~119

咖啡廳 카페 嘎培

杯套 컵 홀더 摳 波儿倒

飲料 음료 嗯紐

點心 디저트 提揪去

132

☐	咖啡廳巡禮 카페 탐방 嘎胚　湯綁	☐	咖啡 커피 摳批
☐	美式咖啡 아메리카노 阿咩哩咖ろ偶	☐	拿鐵 카페라떼 嘎胚喇ㄉㄟ
☐	星冰樂 프라푸치노 噗啦普奇ろ偶	☐	紅茶 홍차 哄掐
☐	奶茶 밀크티 咪克提	☐	奶昔 스무디 絲木底
☐	氣泡飲 에이드 欸衣得	☐	牛奶 밀크 咪可
☐	糖 설탕 搜躺	☐	冰塊 얼음 喔凜
☐	糖漿 시럽 西戛	☐	鮮奶油 생크림 絲ㄟ恩科凜
☐	蛋糕 케이크 ㄎㄟ一可	☐	馬卡龍 마카롱 馬咖攏

> 氣泡飲欄註：指以檸檬汁等果汁為基底作成的飲料，在韓國廣受歡迎。

MEMO

「아아」是什麼？

韓國的咖啡消費量極高。在韓國，會將「冰美式(아이스 아메리카노)」簡稱為「아아」，據說韓國人在冬天也堅持要喝冰美式。

CHAPTER 5　觀光

請給我○杯咖啡。
□ 커피 ○ 잔 주세요.

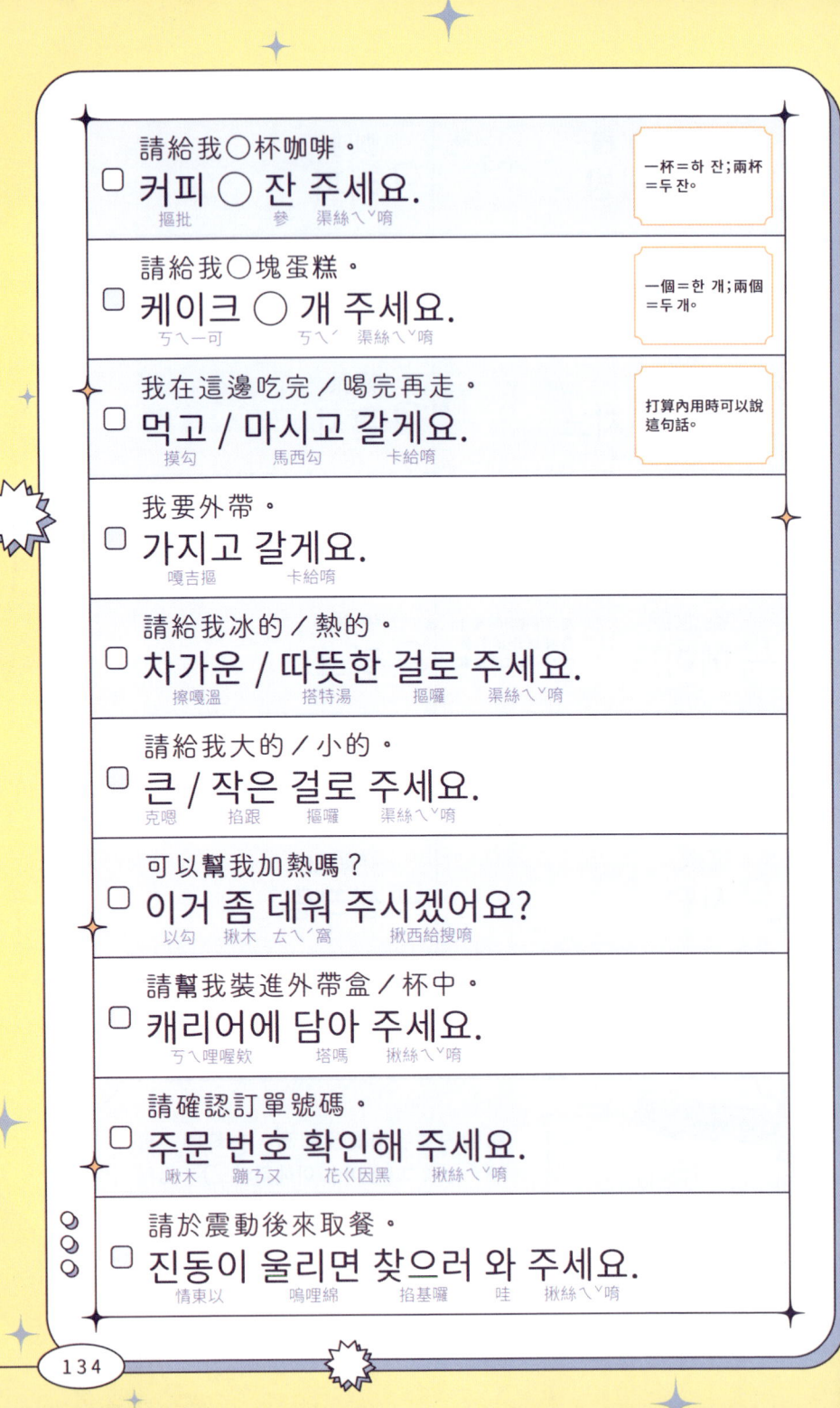

一杯=한 잔;兩杯=두 잔。

請給我○塊蛋糕。
□ 케이크 ○ 개 주세요.

一個=한 개;兩個=두 개。

我在這邊吃完／喝完再走。
□ 먹고 / 마시고 갈게요.

打算內用時可以說這句話。

我要外帶。
□ 가지고 갈게요.

請給我冰的／熱的。
□ 차가운 / 따뜻한 걸로 주세요.

請給我大的／小的。
□ 큰 / 작은 걸로 주세요.

可以幫我加熱嗎？
□ 이거 좀 데워 주시겠어요?

請幫我裝進外帶盒／杯中。
□ 캐리어에 담아 주세요.

請確認訂單號碼。
□ 주문 번호 확인해 주세요.

請於震動後來取餐。
□ 진동이 울리면 찾으러 와 주세요.

餐廳

CHAPTER 5 — 觀光

除了料理名稱，也要學從入店到結帳時常用到的句子！ 120~123

韓國料理 **한국 요리** 憨咕 嘴哩 （亦稱「한식(韓食)」。）	韓國料理店 **한식집** 憨西幾 （亦稱「한식당(韓食堂)」。）
五花肉 **삼겹살** 三ㄍ優撒	蔘雞湯 **삼계탕** 桑ㄍㄟ躺
嫩豆腐鍋 **순두부찌개** 孫嘟不基給	洋釀炸雞 **양념치킨** 央妞七ㄎ引
韓式烤肉 **불고기** 葡勾ㄍㄧ	生牛肉 **육회** 淤ㄎㄨㄟ
拌飯 **비빔밥** 皮冰把	海苔飯捲 **김밥** ㄎ一把
湯飯 **국밥** 咕把	冷麵 **냉면** 年綿永
煎餅 **전** 窮恩	醬蟹 **간장게장** 勘將給講
辣炒年糕 **떡볶이** 都波ㄍㄧ	血腸 **순대** 孫得

135

辛奇	醃蘿蔔辛奇
☐ 김치	☐ 깍두기
ㄎㄧ一木起	嘎嘟ㄍㄨ以

醃黃蘿蔔	大蒜
☐ 단무지	☐ 마늘
彈木幾	嗎呢

白飯	小菜
☐ 공기밥	☐ 반찬
空ㄍㄨ一把	潘產

> 正規拼寫為공깃밥，但一般會寫成공기밥。

湯	筷子
☐ 국물	☐ 젓가락
哭牡	求嘎喇

叉子	湯匙
☐ 포크	☐ 숟가락
剖可	蘇嘎喇

刀子	剪刀
☐ 나이프	☐ 가위
拿一普	嘎屋已

夾子	盤子
☐ 집게	☐ 접시
期給	求洗

分菜碟	烤盤
☐ 앞접시	☐ 불판
阿噗揪洗	葡盤

酒	燒酒
☐ 술	☐ 소주
速凵	搜舉

馬格利酒	啤酒
☐ 막걸리	☐ 맥주
嗎溝裡	咩舉

☐	下酒菜 **안주** _{安主}	乾杯 **건배** _{空北}

- ☐ 有幾位呢？
  몇 분이세요?
  _{繆　噗你絲ㄟˇ唷}

- ☐ ○個人。
  ○ 명이에요.
  _{明庸以耶唷}

  > 一個人＝한 명；兩個人＝두 명。

- ☐ 客滿了。
  만석입니다.
  _{蠻搜因咪達}

- ☐ 要等多久呢？
  얼마나 기다려야 돼요?
  _{喔兒嗎那　丂以待溜呀　腿唷}

- ☐ 不好意思！（呼喚對方時使用）
  여기요! / 저기요!
  _{唷ㄍㄧ唷　糗ㄍㄧ唷}

- ☐ 有中文菜單嗎？
  중국어 메뉴판 있나요?
  _{中咕狗　咩紐潘　因哪唷}

- ☐ 這邊幫您點餐。
  주문 도와드리겠습니다.
  _{求木　投哇得哩給絲咪打}

  > 直譯為「幫忙您點餐」。

- ☐ 我要點餐。
  주문할게요.
  _{渠木奈給唷}

- ☐ 這個會辣嗎？
  이거 매워요?
  _{以摳　咩喔唷}

CHAPTER 5

觀光

137

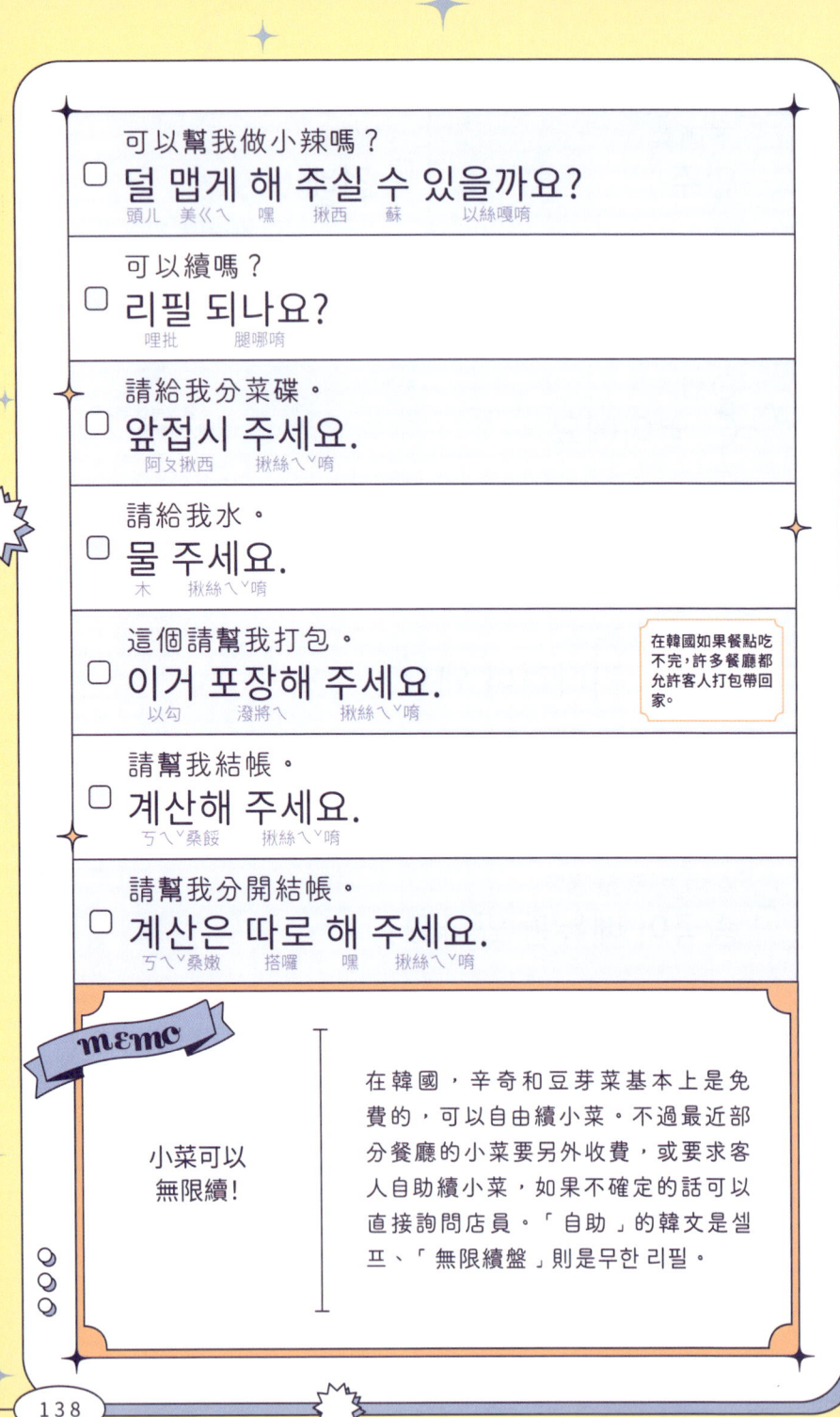

☐ 可以幫我做小辣嗎？
덜 맵게 해 주실 수 있을까요?
_{頭ル 美ㄍㄟ 嘿 揪西 蘇 以絲嘎唷}

☐ 可以續嗎？
리필 되나요?
_{哩批 腿哪唷}

☐ 請給我分菜碟。
앞접시 주세요.
_{阿ㄆ揪西 揪絲ㄟˇ唷}

☐ 請給我水。
물 주세요.
_{木 揪絲ㄟˇ唷}

☐ 這個請幫我打包。
이거 포장해 주세요.
_{以勾 潑將ㄟ 揪絲ㄟˇ唷}

> 在韓國如果餐點吃不完，許多餐廳都允許客人打包帶回家。

☐ 請幫我結帳。
계산해 주세요.
_{ㄎㄟˇ桑餒 揪絲ㄟˇ唷}

☐ 請幫我分開結帳。
계산은 따로 해 주세요.
_{ㄎㄟˇ桑嫩 搭囉 嘿 揪絲ㄟˇ唷}

MEMO

小菜可以無限續！

在韓國，辛奇和豆芽菜基本上是免費的，可以自由續小菜。不過最近部分餐廳的小菜要另外收費，或要求客人自助續小菜，如果不確定的話可以直接詢問店員。「自助」的韓文是셀프、「無限續盤」則是무한 리필。

CHAPTER 5 　觀光

便利商店

韓國便利商店有許多新穎的美食，也適合當伴手禮！ 🔊124

便利商店	便當
☐ 편의점 ㄆ庸你窘	☐ 도시락 圖西喇
杯麵	飯糰
☐ 컵라면 空拉綿永	☐ 삼각김밥 桑嘎ㄍ引把

> 直譯為「三角海苔飯捲」。

麵包	三明治
☐ 빵 棒	☐ 샌드위치 絲醯的喂起
零食	炸雞
☐ 간식 勘喜	☐ 닭튀김 塔推ㄍ引
香腸	起司
☐ 소세지 搜絲ㄟ幾	☐ 치즈 七只
醬料	優格
☐ 소스 搜絲	☐ 요거트 唷勾特
牛奶	口香糖
☐ 우유 嗚與	☐ 껌 共
熱水	微波爐
☐ 뜨거운 물 得勾溫　木	☐ 전자레인지 窮家咧因幾

> 口語對話時經常簡稱為전자렌지。

139

CHAPTER 5 觀光

選物店

韓系時尚總是受人矚目，也不乏名人常出入的愛店！ 🔊 125~126

衣服 ☐ **옷** 喔	穿搭 ☐ **코디네이트** 摳低餒一特 〔簡稱〕**코디** 摳底
襯衫 ☐ **셔츠** 修尺	褲子 ☐ **바지** 趴幾
牛仔褲 ☐ **청바지** 穹八己	洋裝 ☐ **원피스** 王批絲
裙子 ☐ **치마** 七馬	帽T ☐ **후드티** 呼得提
運動服 ☐ **추리닝** 秋哩擰	大學T／棉T ☐ **맨투맨** 曼兔曼
毛衣 ☐ **스웨터** 絲喂特	針織衫 ☐ **니트** 尼特
高領上衣 ☐ **목폴라** 木潑拉	夾克 ☐ **재킷** 切丂以
羽絨衣 ☐ **패딩** 胚頂	大衣 ☐ **코트** 摳特

「후디」是從「hoodie」音譯過來的，這個詞也經常被使用。

140

練舞服 연습복 擁絲補	學校制服 교복 ㄎ唷補
飾品 액세서리 欸克絲ㄟ搜哩	項鍊 목걸이 木勾哩
穿洞 피어싱 批喔醒	耳環 이어링 / 귀걸이 一喔領　　　奎勾哩
戒指 반지 潘幾	眼鏡 안경 安ㄍㄥ
墨鏡 선글라스 松戈拉絲	包包 가방 嘎綁
圍巾 목도리 木嘟哩	帽子 모자 木甲
針織帽 비니 皮擬	棒球帽 캡 모자 ㄎㄝ　木甲
皮帶 벨트 培特	鞋子 신발 辛把

取自英語beanie的外來語。

可以試穿嗎？
입어 봐도 돼요?
以潑　罷都　腿唷

這個有其他顏色嗎？
이거 다른 색 있나요?
以勾　搭潤　絲欸　因那唷

CHAPTER 5

觀光

CHAPTER 5 觀光

化妝體驗

到韓國偶像的彩妝工作室,體驗嚮往已久的偶像妝容! 🔊 127~132

化妝
메이크업
咩一克喔

簡稱
메이컵
咩一摳

化妝品
화장품
花將普

睫毛膏	眼影
마스카라	아이섀도우
嗎絲咖喇	阿姨些抖

眉筆
아이브로우
阿姨普搜

口紅
립스틱
哩普絲體

底妝產品
베이스
賠一絲

粉底
파운데이션
乓屋得已省

腮紅
블러셔
撲了朽

眼線筆
아이라이너
阿姨拉一呢

CHAPTER 5

觀光

143

美容 ☐ **미용** 咪永	護膚保養 ☐ **스킨케어** 絲丂因丂ㄟ唷
皮膚 ☐ **피부** 批補	素顏 ☐ **생얼** 絲ㄟ喔儿 생(生) 絲ㄟ嗯 ＋ 얼굴(臉) 喔儿咕
洗臉 ☐ **세안** 絲ㄟ俺	洗顏慕絲 ☐ **클렌징 폼** 科聯今　捧
化妝水 ☐ **토너** 偷呢	乳液 ☐ **로션 / 에멀전** 盧朽　　　欸木儿整
精華液 ☐ **에센스 / 세럼** 欸絲ㄟ絲　　絲ㄟ攏	面膜 ☐ **팩** ㄆㄟˋ
護膚油 ☐ **오일** 喔以	乳霜／面霜 ☐ **크림** 哭領
保濕 ☐ **보습** 普絲	透明感 ☐ **투명감** 兔命庸感
維他命C ☐ **비타민C** 逼他民戲	菸鹼醯胺(維生素B3) ☐ **나이아신아마이드** 拿一阿辛拿嗎一得
視黃醇(A醇) ☐ **레티놀** 咧剃諾	效果 ☐ **효과** ㄏ唷瓜
鎮靜、舒緩 ☐ **진정** 勤囧	成分 ☐ **성분** 松本

144

個人色彩	暖色調
☐ 퍼스널 컬러	☐ 웜톤
潑絲呢　摳摟	窩牡捅

冷色調	痘痘
☐ 쿨톤	☐ 여드름
哭儿捅	唷得潤

「黃底／藍底」在韓國美妝界一般以「暖色調／冷色調」表現。

肌膚問題	刺激
☐ 트러블	☐ 자극
特摟補	掐葛

皮脂	毛孔
☐ 피지	☐ 모공
批幾	木拱

試用品	樣品
☐ 견본	☐ 샘플
ㄎ庸ㄣˇ	絲恩普

隱形眼鏡	彩色隱形眼鏡
☐ 렌즈	☐ 컬러 렌즈
臉只	摳摟　臉只

防曬乳	遮瑕
☐ 선크림	☐ 컨실러
松克領	康西摟

蜜粉	修容
☐ 파우더	☐ 쉐딩
啪嗚倒	薛頂

打亮	睫毛夾
☐ 하이라이트	☐ 뷰러
哈伊賴伊特	ㄆ與摟

臥蠶	眼皮
☐ 애교살	☐ 눈꺼풀
欸ㄎ優殺	嫩勾普

CHAPTER 5

觀光

145

雙眼皮 ☐ 쌍꺼풀 桑勾普	單眼皮 ☐ 무쌍 木桑
接睫毛 ☐ 속눈썹 연장 蔥嫩搜　有講	唇蜜 ☐ 립글로스 哩個摟絲
唇釉 ☐ 틴트 ㄊ因特	卸妝油 ☐ 클렌징 오일 克練斤　喔以
美甲 ☐ 네일 內以	顏色 ☐ 컬러 咖老
顯色 ☐ 발색 排絲ㄟˇ	漸層、暈染 ☐ 그러데이션 殼摟得已省
霧面 ☐ 매트 咩特	光澤 ☐ 윤기 雲ㄍ以
髮型 ☐ 헤어스타일 嘿喔絲他以	瀏海 ☐ 앞머리 阿摸哩
長髮 ☐ 긴 머리 ㄎ因　摸哩	也可作장발，漢字為「長髮」。	短髮 ☐ 단발 머리 彈掰　摸哩	也可作단발，漢字為「短髮」。
瀏海放下來的髮型 ☐ 덮머리 同摸哩	簡稱 덮머 通摸
瀏海往上梳的髮型 ☐ 깐머리 乾摸哩	簡稱 깐머 乾摸

146

直髮 ☐ 생머리 生摸哩	捲髮 ☐ 파마 / 펌 啪嗎　碰
髮辮 ☐ 땋은 머리 搭嗯　摸哩	馬尾 ☐ 포니테일 波尼ㄊㄟ以
雙馬尾 ☐ 양갈래 央嘎咧	狼尾頭 ☐ 허쉬컷 齁需口
離子夾 ☐ 매직기 咩基ㄍㄧ	電棒 ☐ 고데기 哭得ㄍㄧ
髮捲 ☐ 헤어롤 嘿喔摟	染髮 ☐ 염색 唷絲ㄟ
漂色 ☐ 탈색 胎絲ㄟˇ	接髮 ☐ 붙임 머리 樸清　摸哩

這個顏色還有現貨嗎？
☐ 이 색의 재고가 있나요?
　一　　絲ㄟ給　且估嘎　因哪唷

有試用品嗎？
☐ 견본은 있어요?
　丂擁不嫩　　以撒唷

敏感肌可以用嗎？
☐ 민감성 피부인데 사용해도 괜찮을까요?
　敏甘松　　批不因得　　撒用嘿都　　肯槍你嘎唷

可以拍照嗎？
☐ 사진을 찍어도 돼요?
　撒今呢　　基勾都　　腿唷

遇到狀況時可以用的語句

本篇彙整了韓國旅行時遇到特殊狀況可以使用的短句。如果對自己的韓語發音沒有信心,也可以直接指給對方看。

🔊 133

我不會說韓語。	저는 한국어를 못해요. 糠嫩　韓咕勾扄　木ㄊㄟ唷
有會說中文的人嗎?	중국어 가능한 사람이 있어요? 中咕勾　卡能憨　撒拉咪　以撒唷
方便問一下路怎麼走嗎?	길 좀 물어봐도 될까요? ㄎ李 窘　木摟罷都　推嘎唷
我連不上 Wi-Fi。	와이파이가 안 터져요. 哇一啪一嘎　安　偷久唷
電視沒有畫面。	티비가 안 나와요. 提逼嘎　安　拿哇唷
沒有熱水。	따뜻한 물이 안 나와요. 搭特攤　木哩　安　拿哇唷
門打不開。	문이 안 열려요. 木尼　安　唷柳唷
馬桶塞住了。	변기가 막혔어요. ㄆ擁ㄍ一嘎　嗎ㄎ優撒唷
我把鑰匙忘在房間裡了。	방에 키를 두고 왔어요. 旁欸　ㄎ一哩　圖估　哇撒唷
我弄丟鑰匙了。	키를 잃어버렸어요. ㄎ一哩　一摟潑溜撒唷

148

CHAPTER 6

日常

CHAPTER 6 日常

時間

旅行前查詢店家營業時間時也用得到喔！ 🔊 134~135

時間 ☐ 시간 西趕	昨天 ☐ 어제 喔解
今天 ☐ 오늘 嗚呢	明天 ☐ 내일 內引
上個星期 ☐ 지난주 期南朱	這個星期 ☐ 이번 주 一邦 朱
下個星期 ☐ 다음 주 搭嗯 朱	上個月 ☐ 지난달 期南歹
這個月 ☐ 이번 달 一繃 歹	下個月 ☐ 다음 달 搭嗯 歹
去年 ☐ 작년 牆碾	今年 ☐ 올해 喔勒嘿
明年 ☐ 내년 內碾	星期一 ☐ 월요일 窩溜以
星期二 ☐ 화요일 花唷以	星期三 ☐ 수요일 蘇唷以

150

星期四 ☐ **목요일** _{木ㄍ唷以}	星期五 ☐ **금요일** _{可ㄇ唷以}
星期六 ☐ **토요일** _{凸唷以}	星期日 ☐ **일요일** _{一溜以}
週末 ☐ **주말** _{朱買}	休息日 ☐ **휴일** _{ㄏ優以}
平日 ☐ **평일** _{ㄆ庸以}	上午 ☐ **오전** _{屋講}
下午 ☐ **오후** _{屋虎}	早上 ☐ **아침** _{阿請}
白天 ☐ **낮** _那	傍晚 ☐ **저녁** _{丘紐}
夜晚 ☐ **밤** _{怕暗}	一天 ☐ **하루** _{哈嚕}
每天 ☐ **매일** _{咩以}	最近 ☐ **최근 / 요즘** _{催梗　　唷枕}

「一整天」為 하루 종일。

MEMO 兩個「最近」的差異

本頁介紹了兩個意指「最近」的單字。在語感上최근指不久前的最近，而요즘則是指從稍微久一點之前，一直延續到現在的時間。

CHAPTER 6 日期

CHAPTER 6 日常

天氣

試著把這些天氣用語寫在日記本上當作單字練習！ 🔊 136

季節 ☐ 계절 ㄎㄟ九儿	春天 ☐ 봄 碰
夏天 ☐ 여름 唷冷	秋天 ☐ 가을 咖嗯儿
冬天 ☐ 겨울 ㄎ唷五	天氣 ☐ 날씨 拿儿喜
晴 ☐ 맑음 埋一梗	陰 ☐ 흐림 喝凜
雨 ☐ 비 匹	風 ☐ 바람 趴朗
雪 ☐ 눈 努ㄣ	雷 ☐ 천둥 腔懂
彩虹 ☐ 무지개 畝基給	颱風 ☐ 태풍 ㄊㄟ捧
太陽 ☐ 태양 ㄊㄟ仰	月 ☐ 달 踏儿

顏色、形狀

來找找你本命的代表色！ 🔊 137

顏色 ☐ 색 ㄙㄟ	紅色 ☐ 빨간색 掰乾ㄙㄟ
粉紅色 ☐ 분홍색 撲恩烘ㄙㄟ	紫色 ☐ 보라색 葡拉ㄙㄟ
藍色 ☐ 파란색 啪朗ㄙㄟ	天藍色 ☐ 하늘색 哈呢ㄙㄟ
綠色 ☐ 녹색 奴克ㄙㄟ	黃色 ☐ 노란색 奴然ㄙㄟ
褐色 ☐ 갈색 咖ㄙㄟ	白色 ☐ 하얀색 哈央ㄙㄟ
黑色 ☐ 검은색 摳悶ㄙㄟ	金色 ☐ 금색 ㄎ目ㄙㄟ
粉紅色 ☐ 핑크 拼可	橘色 ☐ 오렌지 喔咧ㄣ幾
三角形 ☐ 삼각형 桑嘎ㄎ永	四邊形 ☐ 사각형 撒嘎ㄎ永

153

CHAPTER 6 日常

感覺

歌詞與綜藝節目常出現的擬聲詞一定要學會！ 🔊 138

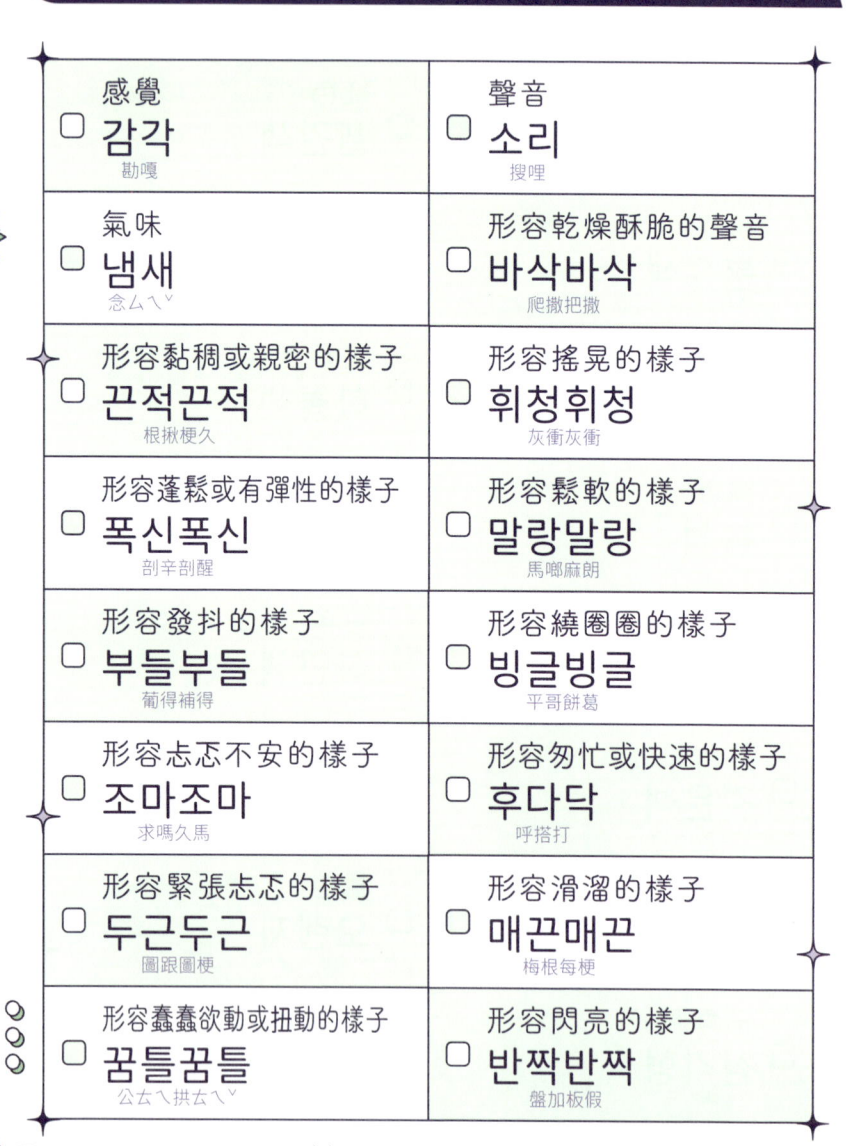

感覺	聲音
☐ 감각 勘嘎	☐ 소리 搜哩
氣味 ☐ 냄새 念ㄙㄟ	形容乾燥酥脆的聲音 ☐ 바삭바삭 爬撒把撒
形容黏稠或親密的樣子 ☐ 끈적끈적 根揪梗久	形容搖晃的樣子 ☐ 휘청휘청 灰衝灰衝
形容蓬鬆或有彈性的樣子 ☐ 폭신폭신 剖辛剖醒	形容鬆軟的樣子 ☐ 말랑말랑 馬嘟麻朗
形容發抖的樣子 ☐ 부들부들 葡得補得	形容繞圈圈的樣子 ☐ 빙글빙글 平哥餅葛
形容忐忑不安的樣子 ☐ 조마조마 求嗎久馬	形容匆忙或快速的樣子 ☐ 후다닥 呼搭打
形容緊張忐忑的樣子 ☐ 두근두근 圖跟圖梗	形容滑溜的樣子 ☐ 매끈매끈 梅根每梗
形容蠢蠢欲動或扭動的樣子 ☐ 꿈틀꿈틀 ㄍㄨㄥㄊㄟ拱ㄊㄟ	形容閃亮的樣子 ☐ 반짝반짝 盤加板假

程度

只要學會這些用語，你就能輕易描述自己的感受了。 🔊139

真的 ☐ 정말로 _{窮嗎魯}	真的 ☐ 진짜 _{輕甲}
很 ☐ 아주 _{阿朱}	十分 ☐ 매우 _{咩嗚}
太 ☐ 너무 _{諾木}	極度 ☐ 되게 _{推給}
非常 ☐ 굉장히 _{肯將厂以}	最 ☐ 가장 _{嘎講}
最 ☐ 제일 _{切以儿}	許多地 ☐ 많이 _{麻你}
稍微、一點點 ☐ 조금 _{邱梗}	那麼 ☐ 그만큼 _{殼蠻肯}
某程度 ☐ 어느 정도 _{喔呢 窘都}	完全不 ☐ 전혀 _{秋厂唷}
有點、些微 ☐ 약간 _{呀感}	至少 ☐ 적어도 _{求溝都}

CHAPTER 6

155

CHAPTER 6 日常

順序

你去過幾次偶像的演唱會了呢？ 🔊140

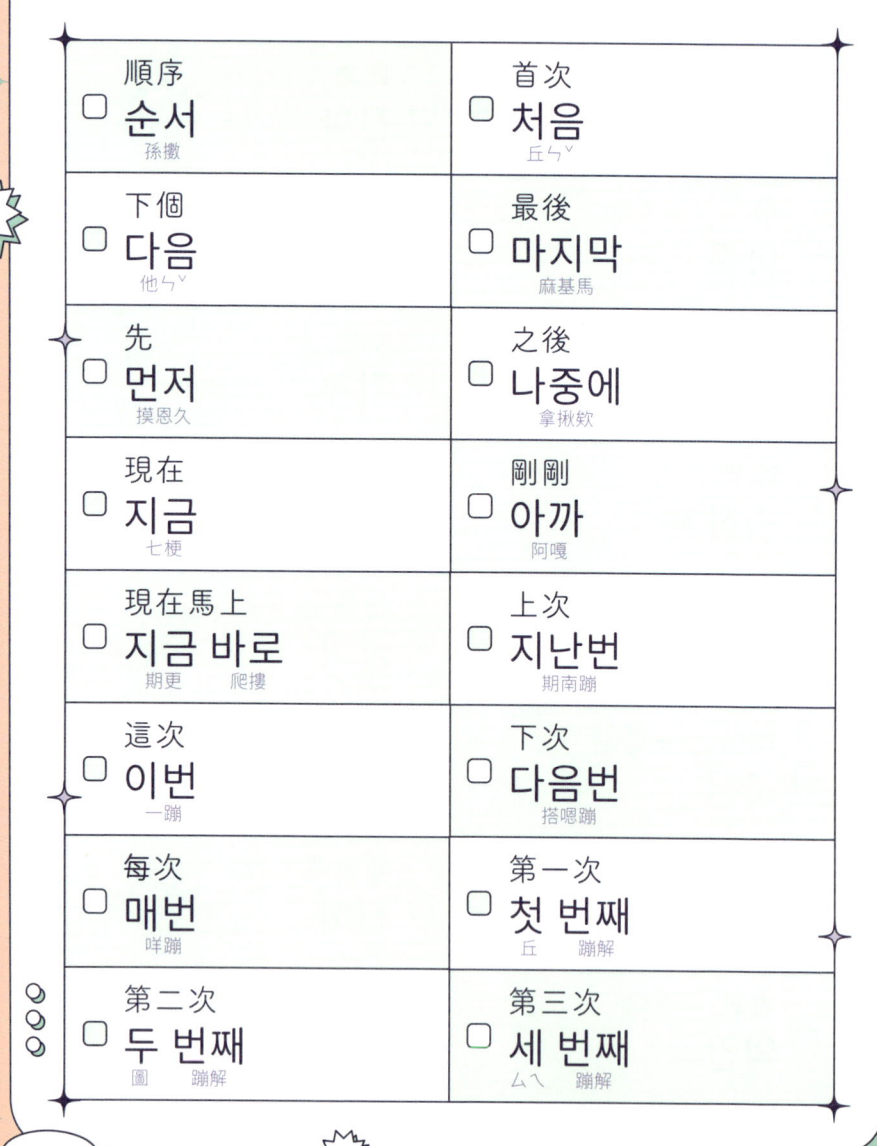

順序 □ 순서 _{孫撒}	首次 □ 처음 _{丘ㄣˇ}
下個 □ 다음 _{他ㄥˇ}	最後 □ 마지막 _{麻基馬}
先 □ 먼저 _{摸恩久}	之後 □ 나중에 _{拿揪欸}
現在 □ 지금 _{七梗}	剛剛 □ 아까 _{阿嘎}
現在馬上 □ 지금 바로 _{期更　爬摟}	上次 □ 지난번 _{期南蹦}
這次 □ 이번 _{一蹦}	下次 □ 다음번 _{搭嗯蹦}
每次 □ 매번 _{咩蹦}	第一次 □ 첫 번째 _{丘　蹦解}
第二次 □ 두 번째 _{圖　蹦解}	第三次 □ 세 번째 _{ㄙㄟ　蹦解}

156

方向、位置

去韓國搭計程車時也許用得到！ 🔊141

東側 ☐ 동쪽 統久	西側 ☐ 서쪽 艘久
南側 ☐ 남쪽 南久	北側 ☐ 북쪽 撲久
上 ☐ 위 淤益	下 ☐ 아래 阿咧
右 ☐ 오른쪽 屋愣久	左 ☐ 왼쪽 威恩久
前 ☐ 앞 阿夊	後 ☐ 뒤 吐以
直接地 ☐ 곧장 哭漲	隔壁 ☐ 옆 唷夊
旁邊 ☐ 곁 ㄎㄡ	附近 ☐ 근처 坑糗
周邊、四周 ☐ 주변 出餅有	之間 ☐ 사이 撒以

157

CHAPTER 6 日常

稱呼

要注意在不同場合有不同的稱呼方式喔！ 🔊 142

我（半語，對平輩或晚輩的用語） ☐ 나 那	我們 ☐ 우리 嗚哩
我（謙稱） ☐ 저 糗　　저相較於나是更有禮貌的用語，主要對地位較高或初次見面的人使用。	你（半語） ☐ 너 諾
你們（半語） ☐ 너네들 諾內的	你（敬語） ☐ 당신 湯醒
你們（敬語） ☐ 당신들 堂新的	他 ☐ 그 可
她 ☐ 그녀 坑泥有	各位 ☐ 여러분 唷摟補ㄣ
○○先生／小姐 ☐ 씨　接於全名或名字後面，不對地位較高者使用。 系	○○先生／小姐 ☐ 님　對地位較高者的敬稱。 濘
親愛的（情侶間稱呼） ☐ 자기야 掐ㄍ一呀	老公／老婆（伴侶間稱呼） ☐ 여보 唷ㄅ又
大叔 ☐ 아저씨 阿揪喜	阿姨 ☐ 아줌마　아저씨和아줌마都是用來稱呼親戚或熟識之人以外的陌生人。 阿朱馬

158

指示詞

只要記清楚變化規則就非常好懂！ 🔊143

這 □ 이 _意	那（指離聽話者較近的事物） □ 그 _可
那（指離說話者與聽話者都遠的事物） □ 저 _糗	哪、哪個 □ 어느 _{喔呢}
這個 □ 이것 _{一苟}	那個（指離聽話者較近的事物） □ 그것 _{科苟}
那個（指離說話者與聽話者都遠的事物） □ 저것 _{丘苟}	哪個 □ 어느 것 _{喔呢 苟}
這裡 □ 여기 _{唷ㄍㄧ}	那裡（指離聽話者較近的地方） □ 거기 _{摳ㄍㄧ}
那裡（指離說話者與聽話者都遠的地方） □ 저기 _{丘ㄍㄧ}	哪裡 □ 어디 _{喔底}
這樣 □ 이렇게 _{以摟ㄎㄟ}	那樣（指聽話者提及或做出的事物） □ 그렇게 _{ㄎ摟ㄎㄟ}
那樣（指雙方共同認知或聽話者與說話者以外的第三者做出的事物） □ 저렇게 _{糗摟ㄎㄟ}	哪樣、怎麼樣 □ 어떻게 _{偶都ㄎㄟ}

159

CHAPTER 6 日常

漢字數字、單位

試著用漢字數字表達電話號碼、價格、長度和重量！ 📢144-145

零 □ 영/공 用　空	一 □ 일 意儿
二 □ 이 意	三 □ 삼 散
四 □ 사 薩	五 □ 오 勿
六 □ 육 又	七 □ 칠 氣儿
八 □ 팔 啪儿	九 □ 구 苦
十 □ 십 系又	十一 □ 십일 西比儿
十二 □ 십이 西比	二十 □ 이십 依喜又
三十 □ 삼십 桑喜又	五十 □ 오십 屋喜又

百 □ 백 配	千 □ 천 衝ㄣ
萬 □ 만 滿	十萬 □ 십만 西滿
百萬 □ 백만 培滿	千萬 □ 천만 衝ㄣ滿
億 □ 억 喔ㄎ	年 □ 년 ㄋ用
月 □ 월 屋二	週 □ 주 楚
天 □ 일 意ㄌ	分 □ 분 撲ㄣˇ
秒 □ 초 丑	韓元 □ 원 望
公尺 □ 미터 咪ㄊ偶	公斤 □ 킬로 ㄎ一摟

memo

漢字數字和固有數字的差異

韓語的數字分為漢字數字和固有數字，根據後面接的單位量詞不同，要使用不同的數字系統。要注意有些狀況容易讓人搞混，如表達時間時，「時（點）」要用固有數字，「分」和「秒」則要用漢字數字。

CHAPTER 6 日常

固有數字、單位

試著用固有數字表達個數、人數和年齡！ 🔊 146-147

一 ☐ 하나 (한) 　哈哪　　漢	二 ☐ 둘 (두) 　吐ㄌˇ　（土）
三 ☐ 셋 (세) 　ㄙㄝˋ（ㄙㄟˇ）	四 ☐ 넷 (네) 　ㄋㄝˋ（ㄋㄟˇ）
五 ☐ 다섯 　搭撒	六 ☐ 여섯 　唷撒
七 ☐ 일곱 　宜ㄦ股	八 ☐ 여덟 　唷的ㄦ
九 ☐ 아홉 　阿吼	十 ☐ 열 　唷ㄦ
十一 ☐ 열하나 　唷哈哪	十二 ☐ 열둘 　唷ㄦ賭
十三 ☐ 열셋 　唷ㄙㄝˋ	十四 ☐ 열넷 　唷ㄋㄝˋ
二十 ☐ 스물 (스무) 　斯姆ㄦ　　斯姆	三十 ☐ 서른 　搜ㄌㄨㄣˇ

四十 ☐ **마흔** 嗎狠	五十 ☐ **쉰** 遜
六十 ☐ **예순** 俞損	七十 ☐ **일흔** 宜囗狠
八十 ☐ **여든** 唷等	九十 ☐ **아흔** 阿狠
九十九 ☐ **아흔아홉** 阿哼阿吼ㄆ	時(點) ☐ **시** 系
個 ☐ **개** ㄎㄟˋ	張 ☐ **장** 場
歲 ☐ **살** 撒儿	名、人 ☐ **명** 冂永
隻（動物個數） ☐ **마리** 嗎哩	本 ☐ **권** 捆
杯 ☐ **잔** 產	次 ☐ **번** 繃

> **memo**
>
> 固有數字的特徵
>
> 固有數字中的「1～4」和「20」後面接單位量詞時，要按照括弧內的寫法做變化。另外，固有數字只能表達99以內的數字，要表達100以上的數字時，必須使用漢字數字。

CHAPTER 6 日常

常用副詞

這些表達性質和狀態的副詞，也常出現在歌曲裡喔！ 🔊 148-149

順利、擅長 ☐ 잘 叉儿	更 ☐ 더 ㄊㄡˇ
再次 ☐ 다시 他喜	經常 ☐ 자꾸 掐古
不斷、一直 ☐ 계속 ㄎㄟ撒	偶爾 ☐ 가끔 咖梗
總是 ☐ 항상 夯嗓	一定 ☐ 꼭 / 반드시 購　　盤的喜
絕對 ☐ 절대로 求儿ㄉㄟ摟	突然 ☐ 갑자기 咖家ㄍ以
馬上 ☐ 곧 扣ㄉ	現在 ☐ 이제 宜解
尚未 ☐ 아직 阿幾	已經 ☐ 벌써 潑儿撒
又 ☐ 또 豆	某時、總有一天 ☐ 언젠가 喔恩堅嘎

164

慢慢地 ☐ **천천히** 充充厂以	盡快 ☐ **빨리** 八里
提早 ☐ **일찍** 一儿幾	原本 ☐ **원래** 窩壘
所有 ☐ **모두** 摸賭	全部 ☐ **다** 搭
一起 ☐ **함께** 哈姆給	一起 ☐ **같이** 嘎起
完全地 ☐ **완전히** 彎真厂以	好不容易 ☐ **겨우** 丂唷五
或許 ☐ **혹시** 厚ㄍ喜	大概 ☐ **아마** 阿馬
萬一 ☐ **만약** 嗎ろ呀	不怎麼樣、不太 ☐ **별로** 夂唷撈
無緣無故 ☐ **괜히** 虧恩厂以	偏偏 ☐ **굳이** 哭幾
維持原樣地 ☐ **그대로** 科ㄉㄟ撈	就那樣 ☐ **그냥** 科ろ養
其實 ☐ **사실** 撒洗	永遠地 ☐ **영원히** 庸溫厂以

CHAPTER 6

165

CHAPTER 6 日常

常用動詞

把動詞原形和非格式體敬語一起背起來,來用用看! 🔊 150-151

原形	敬語
去 **가다** 咖打	去 **가요** 咖有
來 **오다** 喔打	來 **와요** 哇有
走 **걷다** 摳打	走 **걸어요** 摳摟有
跑 **달리다** 他儿哩打	跑 **달려요** 他儿溜有
吃 **먹다** 某打	吃 **먹어요** 某溝有
喝 **마시다** 馬西打	喝 **마셔요** 麻修有
給 **주다** 出打	給 **줘요** 戳有
收到 **받다** 趴打	收到 **받아요** 爬搭有

☐ 原形 看 보다 撲打	☐ 敬語 看 봐요 撲哇有
☐ 原形 說 말하다 馬ㄌ哈打	☐ 敬語 說 말해요 馬咧有
☐ 原形 聽 듣다 去打	☐ 敬語 聽 들어요 去摟有
☐ 原形 寫／使用 쓰다 斯打	☐ 敬語 寫／使用 써요 搜有
☐ 原形 做 하다 哈打	☐ 敬語 做 해요 嘿有
☐ 原形 想 생각하다 生嘎咖打	☐ 敬語 想 생각해요 生嘎ㄎㄟ有
☐ 原形 感覺 느끼다 ㄋㄍㄧ打	☐ 敬語 感覺 느껴요 ㄋㄍ優有
☐ 原形 見面、遇到 만나다 滿哪打	☐ 敬語 見面、遇到 만나요 滿哪有

memo
原形動詞不能直接用！

韓語中一般不會直接在句子中使用動詞和形容詞的原形。講話時常會將動詞或形容詞轉為요體（非格式體敬語），所以可以把原形跟非格式體敬語兩兩一組背起來。

CHAPTER 6

日常

CHAPTER 6 日常

常用形容詞

也許有你的本命在聊天或自言自語時常用的單字呢！ 🔊 152-154

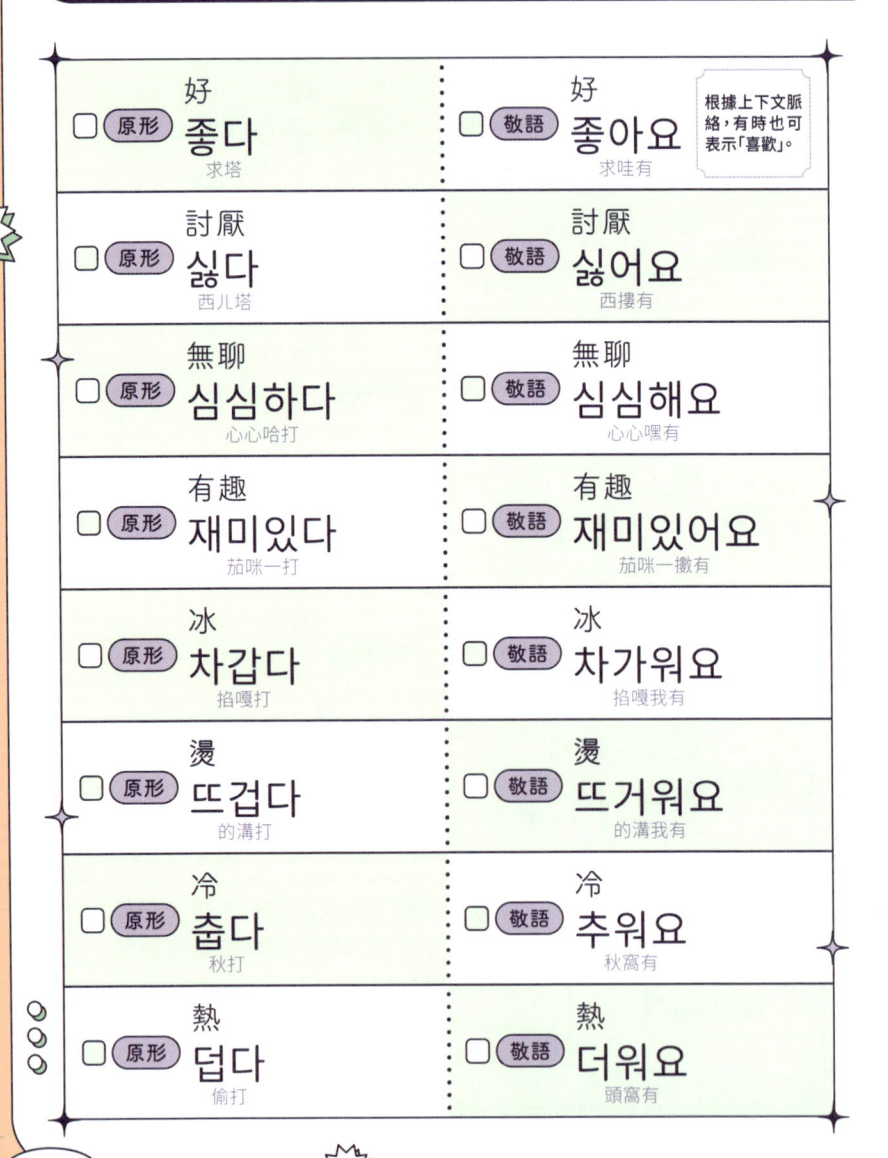

好 **原形** 좋다 求塔	好 **敬語** 좋아요 求哇有
討厭 **原形** 싫다 西兒塔	討厭 **敬語** 싫어요 西摟有
無聊 **原形** 심심하다 心心哈打	無聊 **敬語** 심심해요 心心嘿有
有趣 **原形** 재미있다 茄咪一打	有趣 **敬語** 재미있어요 茄咪一擻有
冰 **原形** 차갑다 掐嘎打	冰 **敬語** 차가워요 掐嘎我有
燙 **原形** 뜨겁다 的溝打	燙 **敬語** 뜨거워요 的溝我有
冷 **原形** 춥다 秋打	冷 **敬語** 추워요 秋窩有
熱 **原形** 덥다 偷打	熱 **敬語** 더워요 頭窩有

根據上下文脈絡，有時也可表示「喜歡」。

☐ 原形 快 빠르다 巴勒打	☐ 敬語 快 빨라요 巴拉有
☐ 原形 慢 늦다 呢打	☐ 敬語 慢 늦어요 呢揪有 — 這個詞同時可作為形容詞「慢」和動詞「遲到」使用。
☐ 原形 漂亮 예쁘다 椰ㄅ打	☐ 敬語 漂亮 예뻐요 椰波有
☐ 原形 可愛 귀엽다 ㄎㄧˊ優打	☐ 敬語 可愛 귀여워요 ㄎㄧˊ優我有
☐ 原形 簡單 쉽다 需打	☐ 敬語 簡單 쉬워요 需窩有
☐ 原形 困難 어렵다 喔溜打	☐ 敬語 困難 어려워요 喔溜我有
☐ 原形 強 강하다 扛哈打	☐ 敬語 強 강해요 扛嘿有
☐ 原形 弱 약하다 牙咖打	☐ 敬語 弱 약해요 牙ㄎㄟ有
☐ 原形 大 크다 科打	☐ 敬語 大 커요 摳有
☐ 原形 小 작다 掐打	☐ 敬語 小 작아요 掐嘎有

CHAPTER 6

日時

169

☐ 原形	多 **많다** 蠻塔	☐ 敬語	多 **많아요** 馬哪有
☐ 原形	少 **적다** 抽打	☐ 敬語	少 **적어요** 抽溝有
☐ 原形	高 **높다** 努打	☐ 敬語	高 **높아요** 奴啪有
☐ 原形	低 **낮다** 哪打	☐ 敬語	低 **낮아요** 拿家有
☐ 原形	昂貴 **비싸다** 皮撒打	☐ 敬語	昂貴 **비싸요** 皮撒有
☐ 原形	便宜 **싸다** 撒打	☐ 敬語	便宜 **싸요** 撒有
☐ 原形	痛 **아프다** 阿夕打	☐ 敬語	痛 **아파요** 阿啪有
☐ 原形	親近 **친하다** 親哈打	☐ 敬語	親近 **친해요** 親嘿有
☐ 原形	美味 **맛있다** 馬西打	☐ 敬語	美味 **맛있어요** 馬西撒有
☐ 原形	壞 **나쁘다** 拿ㄅ打	☐ 敬語	壞 **나빠요** 拿巴有

形容身高高矮時，要使用「大」、「小」。

CHAPTER 6 日常

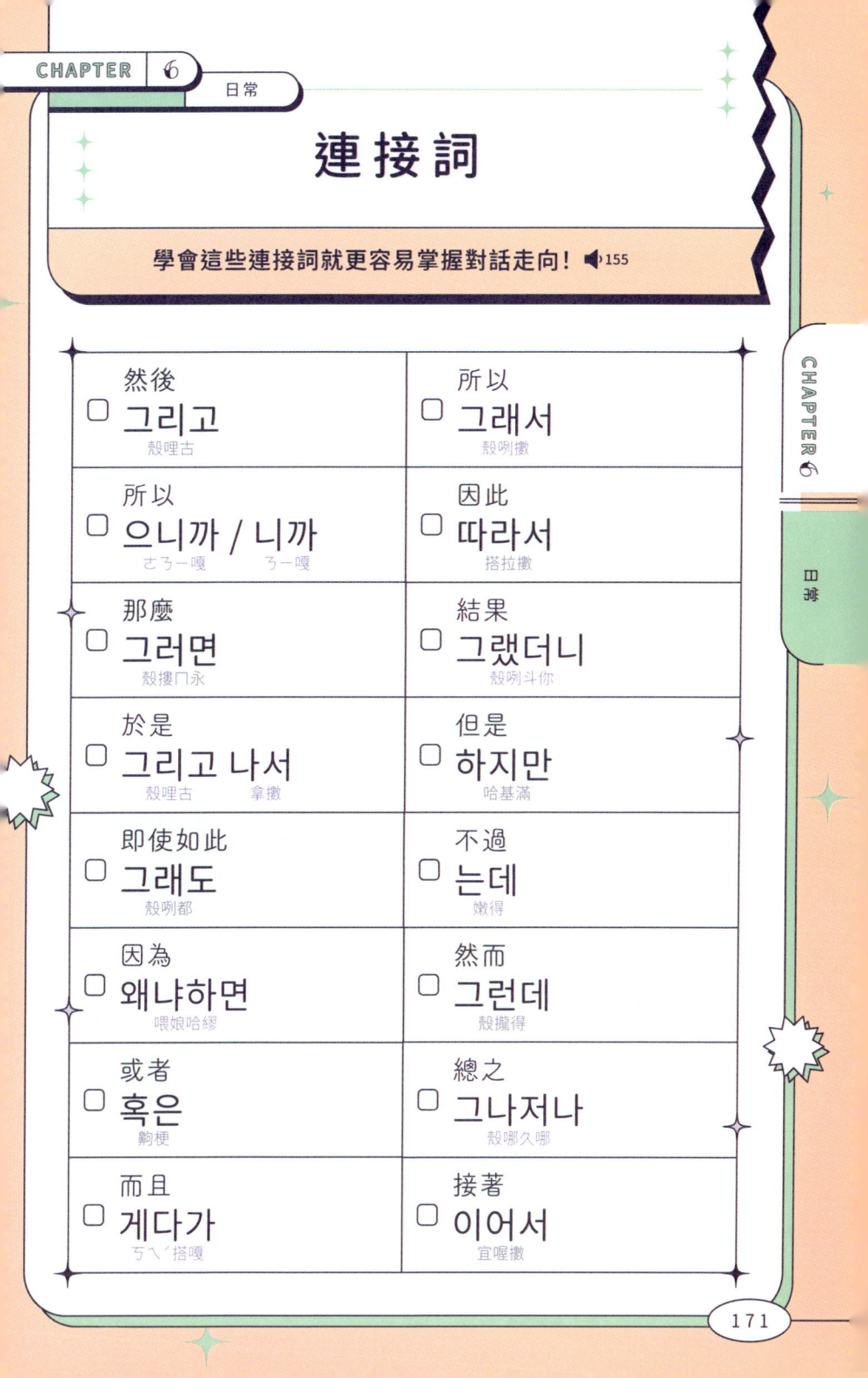

連接詞

學會這些連接詞就更容易掌握對話走向！ 🔊155

然後 그리고 殼哩古	所以 그래서 殼咧撒
所以 으니까 / 니까 さろー嘎　ろー嘎	因此 따라서 搭拉撒
那麼 그러면 殼摟門永	結果 그랬더니 殼咧斗你
於是 그리고 나서 殼哩古　拿撒	但是 하지만 哈基滿
即使如此 그래도 殼咧都	不過 는데 嫩得
因為 왜냐하면 喂娘哈繆	然而 그런데 殼攏得
或者 혹은 齁梗	總之 그나저나 殼哪久哪
而且 게다가 ㄎㄟˊ搭嘎	接著 이어서 宜喔撒

171

CHAPTER 6 日常

問候用語

依照說話對象不同,要分別使用敬語和半語! 156-157

你好。 안녕하세요? 安妞哈ㄙㄟ喲	你好。 안녕. 安妞
過得好嗎? 잘 지내세요? 柴 起內ㄙㄟ喲	過得好嗎? 잘 지내? 柴 起內
好久不見。 오랜만이에요. 五楞嗎你欸油	好久不見。 오랜만이야. 五楞嗎你呀
吃飯了嗎? 밥 먹었어요? 盤 某溝撒油	吃飯了嗎? 밥 먹었어? 盤 某溝搜
(對待在原地的人說)再見。 안녕히 계세요. 安妞因 給ㄙㄟ喲	(對離開的人說)再見。 안녕히 가세요. 安妞因 嘎ㄙㄟ喲
慢走。 잘 가. 柴 嘎	辛苦了。(對方還在工作時使用) 수고하세요. 蘇溝哈ㄙㄟ喲
辛苦了。 수고하셨어요. 蘇溝哈休撒油	辛苦了。(對方還在工作時使用) 수고해. 蘇溝ㄟ
再約喔。 또 만나요. 多 螢拿油	再約喔。 또 만나자. 多 螢拿渣

172

謝謝。 ☐ 감사합니다. 扛撒哈咪搭	謝謝。 ☐ 고마워요. 摳嗎我油
謝謝。 ☐ 고마워. 摳嗎我	不客氣。 ☐ 별 말씀을요. ㄆㄧ ㄛ 蠻思ㄣ油
(被道謝後的回覆) 不會。 ☐ 아니에요. 阿逆欸油	對不起。 ☐ 죄송합니다. 缺松哈咪搭
對不起。 ☐ 미안합니다. 米安哪咪搭	對不起。 ☐ 미안해. 迷央餒
沒關係。 ☐ 괜찮아요. 肯掐哪油	沒關係。 ☐ 괜찮아. 肯掐拿
晚安。 ☐ 안녕히 주무세요. 安妞因　　啾木ㄙㄟ唷	晚安。 ☐ 잘 자. 柴　渣
初次見面。 ☐ 처음 뵙겠습니다. 穹嗯　　北給斯米達	我是台灣人。 ☐ 저는 대만인이에요. 求嫩　　去ㄟ滿你你欸油
很高興認識你。 ☐ 만나서 반가워요. 蠻拿搜　　盤嘎我唷	麻煩你了。 ☐ 잘 부탁해요. 柴　噗搭丂ㄟˇ油

MEMO

韓語有不同的敬語

韓國非常重視上下關係，因此同樣是敬語，也有多種展現不同尊敬程度的表達方式。本頁介紹都是假定你和年紀相近的偶像對談時可以用的語句，因此選擇較不拘謹的敬語。

CHAPTER 6 日常

附和、回應

這些都是對話中常用句,聽得懂的話會很有成就感喔! 🔊158

好。 네. / 예. 內　耶	不是。 아뇨. 阿扭
就是啊。 그러게. 科摟給	太好了。 잘됐네. 柴堆餒
對啊。 맞아. 馬眨	對吧？ 그지? 科幾
原來如此！ 그렇구나! 科樓苦拿	不愧是你！ 역시! 唷ㄎ西
怎麼辦！ 어떡해! 偶都ㄎㄟ	難怪。 어쩐지. 偶ㄐ庸幾
就是嘛。 그니까. 科尼嘎	喂？ 여보세요. 呦補ㄙㄟ喲
哎呀！ 어머! 喔某	當然。 그럼. 科攏
知道了。 알았어. 阿拉搜	唉喲！ 아이고! 阿一古

에 相較於 네 是更有禮貌的表達方式,對如店員的一般陌生人用 네 即可。

可用於開心或痛苦等各種場合的感嘆詞。

174

提問

在直播提問時，可以現學現用的基本短句！ 🔊 159

什麼 ☐ 뭐 _某	什麼（後面加名詞） ☐ 무슨 _{姆森}
幾個 ☐ 몇 _謬	為什麼 ☐ 왜 _喂
什麼時候 ☐ 언제 _{喔ㄣ解}	誰 ☐ 누구 _{努估}
在哪裡 ☐ 어디서 _{喔低撒}	多少（程度） ☐ 얼마나 _{喔ㄦ嗎哪}
哪一邊 ☐ 어느 쪽 _{喔呢　久}	什麼樣的 ☐ 어떤 _{喔東}
有嗎？ ☐ 있어요? _{宜撒唷}	沒有嗎？ ☐ 없어요? _{喔ㄆ撒唷}
如何？ ☐ 어때요? _{喔ㄉ欸油}	多少錢？ ☐ 얼마예요? _{喔ㄦ馬欸油}
為什麼？ ☐ 왜요? _{喂油}	你幾歲呢？ ☐ 나이가 어떻게 되세요? _{拿一嘎　偶都ㄎㄟ　堆ㄙㄟ唷}

175

CHAPTER 6 日常

人際關係

不少人都聽過「歐巴」和「歐逆」吧？ 🔊 160-161

家人 ☐ 가족 _{咖肘}	父母 ☐ 부모 _{噗母}
夫婦 ☐ 부부 _{噗補}	兄弟 ☐ 형제 _{厂庸解}
姊妹 ☐ 자매 _{掐美}	兄妹／姊弟 ☐ 남매 _{南美}
祖父 ☐ 할아버지 _{哈拉ㄅ偶幾}	祖母 ☐ 할머니 _{嗨某你}
父親 ☐ 아버지 _{阿波幾}	爸爸 ☐ 아빠 _{阿把}
外祖父 ☐ 외할아버지 _{維哈拉波幾}	外祖母 ☐ 외할머니 _{維嗨某你}
母親 ☐ 어머니 _{喔某你}	媽媽 ☐ 엄마 _{喔馬}
弟弟 ☐ 남동생 _{南東顯}	妹妹 ☐ 여동생 _{有東顯}

176

（男性發話者）哥哥	（男性發話者）姊姊
☐ 형 厂用	☐ 누나 努那
（女性發話者）哥哥	（女性發話者）姊姊
☐ 오빠 喔巴	☐ 언니 喔逆
丈夫	妻子
☐ 남편 南夂永	☐ 아내 阿餒
兒子	女兒
☐ 아들 阿得儿	☐ 딸 代儿
雙胞胎	孫子／孫女
☐ 쌍둥이 桑冬以	☐ 손자 松甲
堂表兄弟姊妹	姪子／姪女／外甥／外甥女
☐ 사촌 撒く永	☐ 조카 秋卡
大人	孩子
☐ 어른 喔ㄌㄣˇ	☐ 아이／어린이 阿以　　喔哩你

아이可用指稱自己的小孩，어린이則不能。

嬰兒	朋友
☐ 아기 阿ㄍㄨ以	☐ 친구 親古

通常在對話中會使用애기。

MEMO

除了家人以外也可以用這些稱謂

韓語中除了有血緣關係的家人外，也會稱關係親密的年長男性和女性為哥哥和姊姊。另外，與年長男性交往的女性也會稱呼對方為「歐巴」。

CHAPTER 6 日常

177

CHAPTER 6 日常

身 體

分析自己的體型時也會用到這些基本單字! 🔊162

身體 몸 夢	頭 머리 摸哩
頭髮 머리카락 摸哩咖喇 （只說머리也可表達「頭髮」之意。）	喉嚨、脖子 목 默
肩膀 어깨 喔給	胸 가슴 咖斯ㄥˇ
肚子 배 配	背 등 ㄊㄥˇ
手臂 팔 怕ㄦ	手肘 팔꿈치 拍估起
手 손 送ㄅ	手指甲 손톱 松ㄊㄡ偶 （「腳趾甲」為발톱。）
腳 발 趴ㄦ	腰 허리 齁哩
屁股 엉덩이 翁冬你	骨骼 골격 摳ㄦㄍㄧㄡ有

178

臉部

在稱讚偶像臉部特徵時可以用上這些單字！ 🔊163

中文	韓文	備註	中文	韓文	備註
臉	☐ 얼굴 喔儿古儿	「臉」的通俗名稱為와꾸。	額頭	☐ 이마 一馬	
眉毛	☐ 눈썹 奴恩撒		眼睛	☐ 눈 奴恩	
睫毛	☐ 속눈썹 蔥奴恩撒		鼻子	☐ 코 扣	
臉頰	☐ 볼 普儿	較通俗的名稱為 뺨。	嘴巴	☐ 입 意ㄆ	
酒窩	☐ 보조개 葡揪給		嘴唇	☐ 입술 一普索儿	
牙齒	☐ 이 以		舌頭	☐ 혀 ㄏ有	
下巴	☐ 턱 透		鬍子	☐ 수염 蘇有ㄇ	
耳朵	☐ 귀 科以		五官	☐ 이목구비 一摸古比	直譯為「耳目口鼻」。

CHAPTER 6 日常

179

CHAPTER 6 日常

動物

偶像也常會被比喻為小動物！ 🔊 164

中文	韓文	注音
動物	☐ 동물	統牡儿
狗	☐ 개	ㄎㄟˊ
貓	☐ 고양이	摳央以
兔子	☐ 토끼	偷ㄍ以
鹿	☐ 사슴	撒死
倉鼠	☐ 햄스터	嘿ㄇ斯特
松鼠	☐ 다람쥐	塔嘟擧
狐狸	☐ 여우	唷五
狸貓	☐ 너구리	ㄋ歐咕哩
小雞	☐ 병아리	ㄆ永阿哩
老虎	☐ 호랑이	齁嘟以
樹懶	☐ 나무늘보	拿木呢補
狼	☐ 늑대	呢ㄎ得
企鵝	☐ 펭귄	偏滾以
獅子	☐ 사자	撒甲
恐龍	☐ 공룡	空永

> 表達「小狗」之意時，常用강아지。

180

個性

以下介紹表達個性的單字,並都以形容詞原形呈現。 🔊 165

個性 성격 松ㄍㄍ永	親切溫柔的 다정하다 塔ㄐ庸哈打
爽朗的 명랑하다 ㄇ永曩哈打	文靜的 얌전하다 洋真哈打
溫和的 상냥하다 桑娘哈打	挑剔的 까다롭다 嘎搭摟打
冷淡的 무뚝뚝하다 木嘟嘟咖打	厚臉皮的 뻔뻔하다 蹦蹦哈打
呆傻的 멍청하다 萌穹哈打	膽小的 겁이 많다 ㄎ逼　滿他
傲慢的 거만하다 ㄎ瞞哈打	狂傲的 건방지다 恐邦幾打
奔放不羈的 자유분방하다 掐優僕恩邦哈打	聰明的 똑똑하다 兜兜卡打
開朗的 밝다 趴打	陰鬱的 어둡다 喔嘟打

CHAPTER 6

日語

181

CHAPTER 6 日常

性格

用一句話形容你的本命是什麼樣的人,你會怎麼說呢? 🔊166

愛撒嬌的人	惹人愛的人
☐ 애교쟁이 欸ㄍㄧㄡ撿以	☐ 사랑둥이 撒朗嘟以
小可愛	膽小鬼
☐ 귀염둥이 ㄎㄨㄟ庸嘟以	☐ 겁쟁이 摳監以
乖寶寶	淘氣鬼
☐ 순둥이 孫嘟以	☐ 개구쟁이 ㄎㄟˇ咕撿以
貪心鬼	騙子
☐ 욕심쟁이 唷心撿以	☐ 거짓말쟁이 口今嗎撿以
膽小鬼	愛哭鬼
☐ 쫄보 揪一跛	☐ 울보 嗚一跛
調皮鬼	傲嬌	外來語,原文為日語。
☐ 장난꾸러기 搶南估囉ㄍ以	☐ 츤데레 親ㄉㄟ壘	
笨蛋	呆萌美	原本是觀眾為綜藝節目演出者取的綽號。
☐ 바보 趴跛	☐ 허당미 齁當米	
公主病	指以為自己是公主的人。	自戀	자(自)拍 + 뻑가다(著迷) 波嘴打 ※是較粗俗的用法
☐ 공주병 空朱ㄅㄧㄥˇ		☐ 자뻑 掐跛	

182

感情

以下為綜藝節目常出現的情緒用語,都以原形呈現。 🔊167

快樂	開心
☐ 즐겁다 池溝打	☐ 기쁘다 ㄎ一舖打
羨慕	幸福
☐ 부럽다 噗摟打	☐ 행복하다 ㄏ淹波咖打
委屈	煩躁
☐ 억울하다 歐孤拉打	☐ 짜증나다 家金拿打
驚嚇	嚇一跳
☐ 놀라다 農拉打	☐ 깜짝 놀라다 剛將 農拉打
羞愧	害臊
☐ 부끄럽다 噗哥摟打	☐ 수줍다 蘇啾打
寂寞	悲傷
☐ 외롭다 維摟打	☐ 슬프다 斯撲打
喜歡	討厭
☐ 좋아하다 求挖哈打	☐ 싫어하다 西摟哈打
痛苦	鬱悶
☐ 괴롭다 葵摟打	☐ 답답하다 塔搭怕打

183

CHAPTER 6 日常

戀愛

連同愛情劇中常出現的流行用語也一起學起來！ 168-169

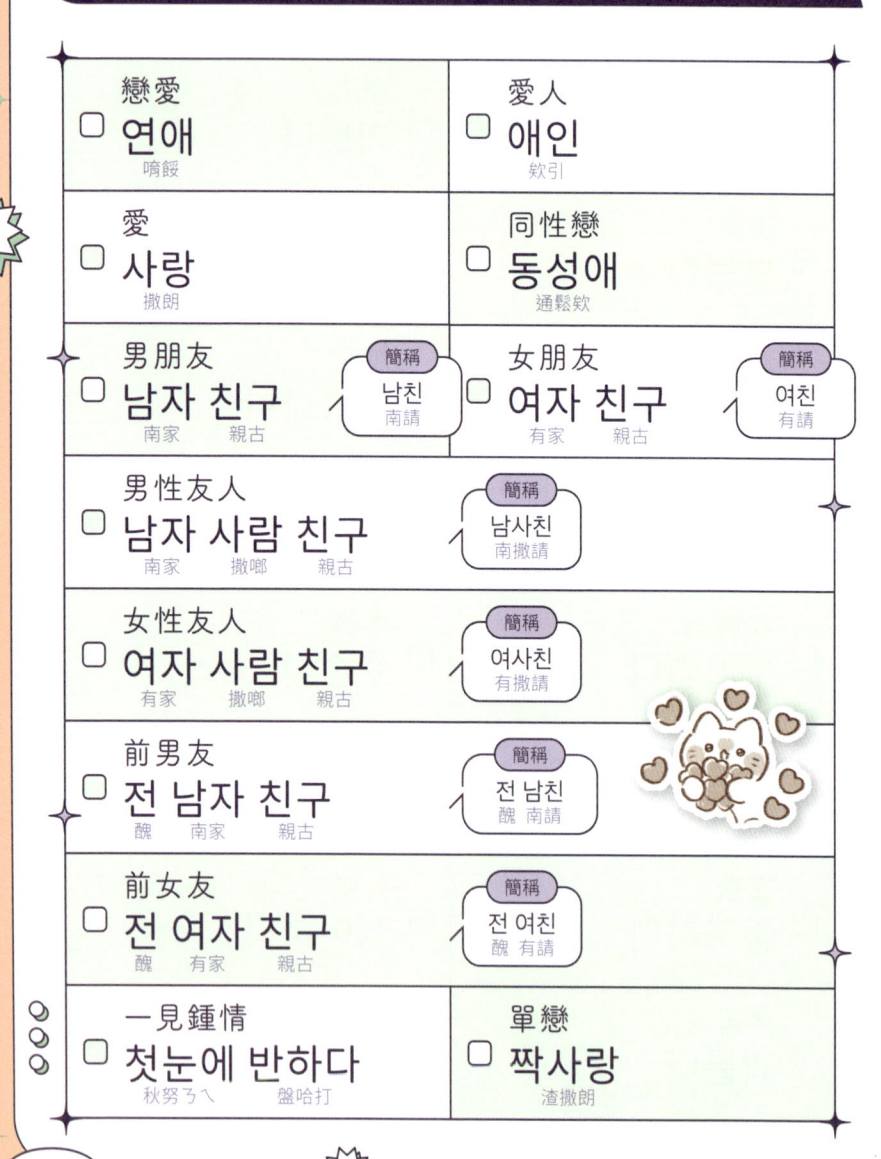

戀愛 연애 唷餒	愛人 애인 欸引
愛 사랑 撒朗	同性戀 동성애 通鬆欸
男朋友 남자 친구 南家 親古 → 簡稱 남친 南請	女朋友 여자 친구 有家 親古 → 簡稱 여친 有請
男性友人 남자 사람 친구 南家 撒嘟 親古 → 簡稱 남사친 南撒請	
女性友人 여자 사람 친구 有家 撒嘟 親古 → 簡稱 여사친 有撒請	
前男友 전 남자 친구 醜 南家 親古 → 簡稱 전 남친 醜 南請	
前女友 전 여자 친구 醜 有家 親古 → 簡稱 전 여친 醜 有請	
一見鍾情 첫눈에 반하다 秋努ろㄟ 盤哈打	單戀 짝사랑 渣撒朗

初戀	理想型
☐ 첫사랑 秋撒朗	☐ 이상형 以桑厂永
我的菜	嫉妒
☐ 내 스타일 餒 斯他以儿	☐ 질투 期儿吐
搭訕	約會
☐ 헌팅 烘挺	☐ 데이트 ㄉㄟˊ一特
告白	交往
☐ 고백 摳北	☐ 사귀다 撒ㄍㄧ打
接吻	台韓情侶
☐ 키스 ㄎㄧ死	☐ 대한커플 ㄊㄟ憨摳普

輕碰親吻的說法則為뽀뽀。

失戀	分手
☐ 실연 西ㄌ永	☐ 이별 一別儿
單身	結婚
☐ 싱글 辛葛儿	☐ 결혼 ㄎㄧㄡ攏

MEMO

韓語特有的心動告白台詞

愛情劇裡經常會聽到「오늘부터 1일이다（今天是第一天）」這句台詞。這是告白用的台詞，指「今天是我們開始交往的第一天」的意思。除了傳統的「나랑 사귀자（請跟我交往吧）」外，學會這句韓語中獨特的告白用語，也許會讓你更融入韓劇劇情！

CHAPTER 6 日韓

185

CHAPTER 7

基礎韓語

韓語是什麼樣的語言？

POINT 1　韓語的語順與中文不同　🔊170

韓語的語順與中文不同，在韓文的句子中，詞語的擺放順序依序為主語、目的語、敘述語。另外會在名詞和代名詞等後方加上助詞。

例
我（＋補助詞）	辣炒年糕	目的格助詞	吃
저는	떡볶이	를	먹어요

POINT 2　有源自漢字的單字

韓文中有許多源自於漢字的單字，因此不少單字的發音與中文相近，這些來自漢字的單字被稱為「漢字詞」。只要學會漢字詞在韓文中的發音方式，就很容易聯想其他單字該怎麼唸，非常方便。

例　人氣 인기　｜　氣質 기질（在韓語中指性格、傾向）　｜　質問 질문（在韓語中指疑問、提問）

POINT 3　詞語語尾會根據不同狀況做變化

在韓文中，根據說話對象與情境的不同，動詞和形容詞等會使用不同語尾，要特別注意。

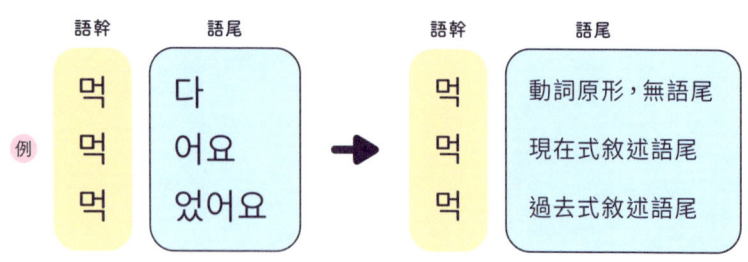

例

語幹	語尾		語幹	語尾
먹	다	→	먹	動詞原形，無語尾
먹	어요		먹	現在式敘述語尾
먹	었어요		먹	過去式敘述語尾

188

諺文是什麼？

諺文(한글)是書寫韓語時所使用的文字系統。諺文可分為母音和子音，兩者結合即會成為一個字。舉例來說，將子音ㄱ(k)和母音ㅏ(a)組合起來，就是가(ka)這個音。概念上與英文拼音相近，應該不難記吧？諺文的組合基本上有以下四種模式。

子音＋母音的組合

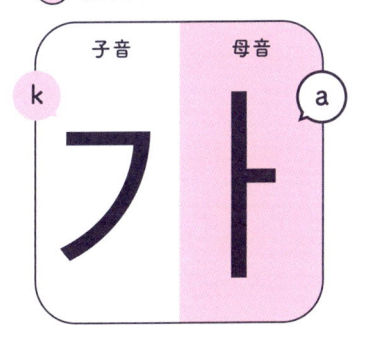

① 橫向組合

子音 k　母音 a
가

② 縱向組合

子音 k
母音 o
고

子音＋母音＋子音的組合

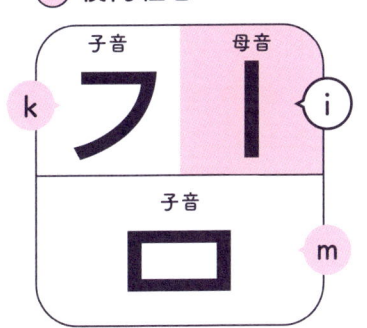

③ 橫向組合

子音 k　母音 i
子音 m
김

④ 縱向組合

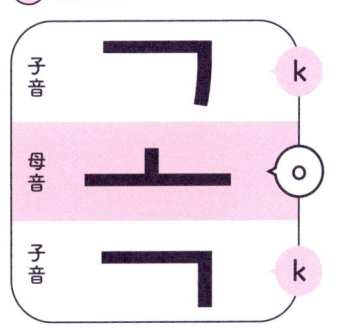

子音 k
母音 o
子音 k
곡

CHAPTER 7

基礎韓語

189

10種基本母音

先從基本母音開始介紹！韓語中的基礎母音有10種。

這邊先幫所有母音加上無聲子音「ㅇ」來學習母音發音。另外，留意母音的形狀，能幫我們更容易記憶其發音方式，如아(a)加上一橫就會變成야(ya)，어(eo)加上一橫就會變成여(yeo)。

🔊 171-172

아 a	與中文的「阿」音類似。	例 아들　兒子 例 아침　早晨
야 ya	與中文的「押」音類似。	例 야구　棒球 例 야경　夜景
어 eo	與中文的「喔」音類似。	例 어학　語學 例 어깨　肩膀
여 yeo	與中文的「唷」音類似。	例 여우　狐狸 例 여자　女性

오 o	與中文的「噢」音類似。	例 오늘　今天
		例 오빠　(女性說)哥哥

요 yo	與中文的「優」音類似。	例 요리　料理
		例 요즘　最近

우 u	與中文的「嗚」音類似。	例 우동　烏龍麵
		例 우리　我們

유 yu	與英文的「u」音類似。	例 유리　玻璃
		例 유산　遺產

으 eu	與注音的「ㄜ」音類似。	例 으악　呃啊！
		例 으로　表示方向、手段、方法的助詞

이 i	與中文的「一」音類似。	例 이　牙齒
		例 이론　理論

11種雙母音（合成母音）

兩個基本母音結合的母音，稱為合成母音。

合成母音共有11種，看起來可能有點難，不過只要想成是兩種母音相加後的結果，就很好記了。（標示★者除外）

오 ＋ 아 → 와
o　　　a　　　wa

MEMO｜發音時想著在「o」後面直接接著發「a」的音。

🔊 173-174

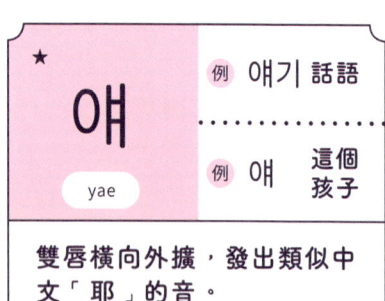

★
애 ae

例 애인　愛人

例 애착　依戀

與中文的「欸」音類似。

★
얘 yae

例 얘기　話語

例 얘　這個孩子

雙唇橫向外擴，發出類似中文「耶」的音。

★
에 e

例 에코백　環保袋

例 에메랄드　翡翠

與中文的「欸」音類似。

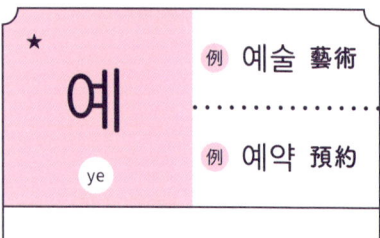

★
예 ye

例 예술　藝術

例 예약　預約

與中文的「耶」音類似。

192

와 wa	例 와인 紅酒 例 와플 鬆餅
與中文的「哇」音類似。	

왜 we	例 왜 為什麼
與中文的「威」音類似。	

★ 외 we	例 외국 外國 例 외모 外貌
與中文的「威」音類似。	

워 wo	例 월급 月薪 例 원고 原稿
與中文的「窩」音類似。	

웨 we	例 웨이터 服務生 例 웨딩 婚禮
與中文的「威」音類似。	

위 wi	例 위장 腸胃 例 위치 位置
雙唇前翹,將「w」和「i」連在一起發「wi」音。	

※의有時候也發類似「ㅡ」或「ㄟ」的音。

의 ui	例 의학 醫學
雙唇橫向外擴,將「ㄜ」和「ㅡ」連在一起發「ㄜㅡ」音。	

CHAPTER 7 基礎韓語

193

10種基本子音

韓語中的基本子音有10種。以下全部都先接上母音ㅏ(a)，方便我們學習它們的發音方式。另外，子音還有激音和硬音等變化，希望你一起記。

🔊 175-176

가 ka
- 例 가구 家具
- 例 가방 包包

與中文的「咖」音類似，在第二個詞之後，發音與中文的「嘎」音類似。

나 na
- 例 나이 年齡
- 例 나날 天天

與中文的「那」音類似。

다 ta
- 例 다리 腿
- 例 다음 下個

與中文的「他」音類似，在第二個詞之後，發音與中文的「搭」音類似。

라 la
- 例 라면 泡麵
- 例 라이브 現場

與中文的「拉」音類似。

마 ma
- 例 마음 心
- 例 마당 庭院

與中文的「媽」音類似。

바 pa
- 例 바다 海
- 例 바지 褲子

與中文的「趴」音類似，在第二個詞之後，發音與中文的「八」音類似。

사 sa	例 사과 蘋果
	例 사랑 愛

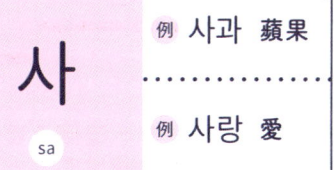

與中文的「撒」音類似。

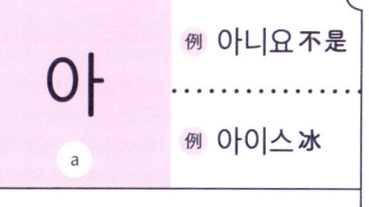

아 a	例 아니요 不是
	例 아이스 冰

與中文的「阿」音類似。

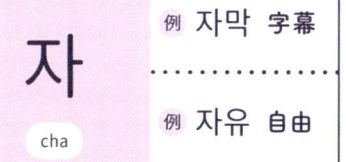

자 cha	例 자막 字幕
	例 자유 自由

與中文的「搾」音類似，在第二個詞之後，發音與中文的「加」音類似。

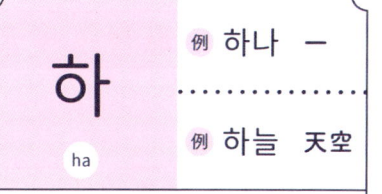

하 ha	例 하나 一
	例 하늘 天空

與中文的「哈」音類似。

4種激音和5種硬音

韓語中有被稱作「激音」和「硬音」的子音。由於中文沒有完全相對應的音，所以對初學者來說可能不太好懂。你要留意發聲時聲音的「方向性」，學習和分辨這些子音。另外，激音音標中的「h」是表示強力送氣的意思。

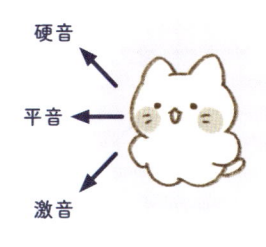

硬音 ←
平音 ←
激音 ←

平音	가 ka	다 ta	바 pa	사 sa	자 cha
激音	카 kha	타 tha	파 pha	/	차 chha
硬音	까 kka	따 tta	빠 ppa	싸 ssa	짜 ccha

195

終聲

有時子音（左）＋母音（右）底下會出現第二個子音，這個子音被稱作「終聲」，終聲發的音較微弱。由於中文裡沒有完全對應的終聲，在聽韓語時要特別留意。

※韓語中也有「子音＋母音＋母音＋子音」的拼音模式，不過能舉的例子不多。

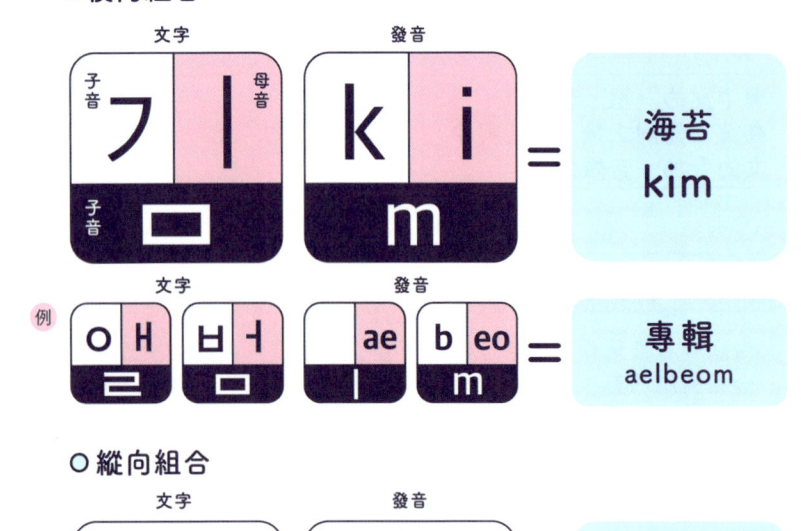

「子音＋母音＋子音」模式

○ 橫向組合

文字：子音 ㄱ ／ 母音 ㅣ ／ 子音 ㅁ
發音：k i / m
= 海苔 kim

例）文字：앨범
發音：ae b / l eo m
= 專輯 aelbeom

○ 縱向組合

文字：子音 ㅁ ／ 母音 ㅗ ／ 子音 ㄱ
發音：m o k
= 脖子 mok

例）文字：홍콩
發音：h o ng / k o ng
= 香港 hongkong

「子音＋母音＋子音＋子音」模式

終聲有連續兩個子音時，選擇其中一邊發音。

○ 以右側子音發音者

主要是這三個！其他都是以左側子音發音

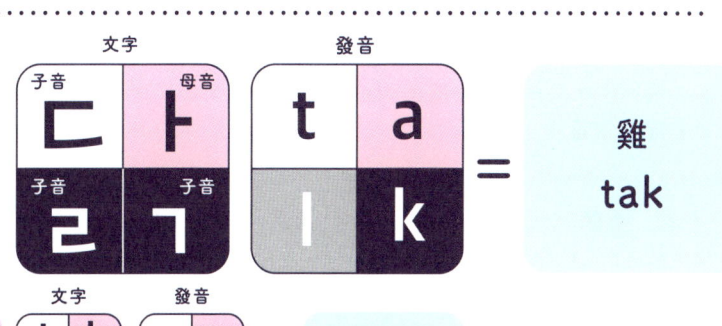

ㄹㄱ　ㄹㅁ　ㄹㅍ

文字　發音

子音 ㄷ	母音 ㅏ
子音 ㄹ	子音 ㄱ

t	a
	k

= 雞 tak

例

ㅅ	ㅏ
ㄹ	ㅁ

s	a
	m

= 人生 sam

○ 以左側子音發音者

ㄱㅅ　ㄴㅈ　ㄴㅎ　ㄹㅂ　ㄹㅅ　ㄹㅎ　ㄹㅌ　ㅂㅅ

※「ㄹㅂ」有時會以右側子音發音

文字　發音

子音 ㄱ	母音 ㅏ
子音 ㅂ	子音 ㅅ

k	a
p	

= 價格 kap

例

ㄴ	ㅓ
ㄱ	ㅅ

n	eo
k	

= 靈魂 neok

發音變化

有時,韓語的發音會跟諺文標示的不同,這是因為韓語發音根據終聲不同,會有特殊變化規則,我們來看幾種典型的發音變化規則。

※本書為方便閱讀與發音,僅整理基本規則,部分例外詞彙並不按照下列規則發音。

🔊 177-178

POINT 1 濁音化

子音ㄱ、ㄷ、ㅂ、ㅈ前面碰到母音或終聲ㄴ、ㅁ、ㄹ、ㅇ,發音會變為濁音。

例 時間　시간 (shi+kan) ➡ 시간 shigan (實際發音)

POINT 2 連音化

終聲後面直接接母音時,需將終聲與母音連在一起發音。

例 日語　일본어 (il + bon + eo) ➡ 일보너 ilboneo (實際發音)

POINT 3 激音化

ㄱ、ㄷ、ㅂ、ㅈ遇到前一個音節的終聲為ㅎ,或作為終聲後面碰到子音ㅎ時,該終聲的發音會變為激音ㅋ、ㅌ、ㅍ、ㅊ。

例 入學　입학 (ip + hak) ➡ 이팍 iphak (實際發音)

POINT 4 硬音化

終聲ㄱ、ㄷ、ㅂ後面碰到子音ㄱ、ㄷ、ㅂ、ㅈ、ㅅ時,該子音的發音會變為硬音ㄲ、ㄸ、ㅃ、ㅉ、ㅆ。

| 例 | 餐廳 | 식당 (shik + tang) → 식땅 (shikttang) （實際發音） |

| 例 | 合格 | 합격 (hap + kyeok) → 합껵 (hapkkyeok) （實際發音） |

POINT 5 鼻音化

終聲ㄱ、ㄷ、ㅂ的後面碰到子音ㄴ、ㅁ時,終聲ㄱ應發為ㅇ,終聲ㄷ應發為ㄴ,終聲ㅂ應發為ㅁ。

| 例 | 國民 | 국민 (kuk + min) → 궁민 (kungmin) （實際發音） |

POINT 6 ㅎ弱音化

終聲ㄴ、ㄹ、ㅁ、ㅇ後面碰到子音ㅎ,或子音ㅎ後面碰到母音時,ㅎ幾乎不發音。

| 例 | 銀行 | 은행 (eun + haeng) ▶ 으냉 (eunaeng) （實際發音） |

| 例 | 好的 | 좋아요 (chot + a + yo) ▶ 조아요 (choayo) （實際發音） |

助詞

以下介紹常用助詞,部分助詞會根據前一個音節有沒有終聲而不同。

🔊 179

意思	使用場合	無終聲	有終聲
補助詞,接在名詞後,表示句子的主題或補充意思。		는	은
主格助詞,接在名詞後,表示動作或狀態的主體。		가	이
目的格助詞,接在受詞後,表示動詞作用的對象。		를	을
所有格助詞,接在名詞後,表示該事物所屬的對象。		의	
格助詞,接在時間或地點名詞後,表示所在的時間與地點。	地點、時間	에	
格助詞,接在名詞後,表示動作的對象。	人	에게	
格助詞,接在名詞後,表示動作的對象。	人(口語用法)	한테	
格助詞,接在名詞後,表示發起動作／動作來源者。	人	에게서	
格助詞,接在名詞後,表示發起動作／動作來源者。	人(口語用法)	한테서	
格助詞,接在名詞後,表示動作發生的地點或出發點。	地點	에서	
格助詞,接在名詞後,表示時間的開始點。	時間	부터	
格助詞,接在名詞後,表示終結點。		까지	
副詞格助詞,接在名詞後,表示方向、方法或手段。	方法、手段或方向	로	으로
接續助詞,表示名詞的接續或並列。	主要用於書寫	와	과
接續助詞,表示名詞的接續或並列。	口語用法	랑	이랑
接續助詞,表示名詞的接續或並列。	口語用法	하고	

memo

中文沒有助詞的概念,但在韓語中,助詞相當重要,助詞能幫助我們分辨出句子的主語、目的語等。不過在非正式的口語中,韓國人經常省略部分助詞,那是因為就算不講出來,也能透過上、下文,知道句子的主語和目的語,不影響語意的表達。不過在正式文件、作文或該助詞具有明確意思時,就不能省略。

常用語尾形態

以下介紹幾個韓語常見的語尾形態。

POINT 1

ㅂ니다/습니다體（格式體敬語）

使用場合 初次碰面的人、年長者、正式演說等

在語尾加上「-ㅂ니다/습니다」。

> 例　我愛你　　　　　　사랑합니다

POINT 2

아/여/해요體（非格式體敬語）

使用場合 初次碰面的人、關係較近的年長者等

在語尾加上「-아/여/해요」，相較於格式體敬語，給人較溫和的感覺。日常對話中經常使用。

> 例　我愛你　　　　　　사랑해요

POINT 3

半語

使用場合 朋友、兄弟姊妹、年紀較小者

這是比較隨性的說話方式，但韓國社會很重視上下關係，所以必須要小心使用。

> 例　我愛你　　　　　　사랑해

韓文字母一覽表（基本母音）

🔊 181-182

子音 母音	ㄱ k/g	ㄴ n	ㄷ t/d	ㄹ r/l	ㅁ m	ㅂ p/b	ㅅ s	ㅇ 無音/ng	ㅈ ch/j
ㅏ a	가 ka/ga	나 na	다 ta/da	라 la	마 ma	바 pa/ba	사 sa	아 a	자 cha/ja
ㅑ ya	갸 kya/gya	냐 nya	댜 tya/dya	랴 lya	먀 mya	뱌 pya/bya	샤 sya	야 ya	쟈 chya/jya
ㅓ eo	거 keo/geo	너 neo	더 teo/deo	러 leo	머 meo	버 peo/beo	서 seo	어 eo	저 cheo/jeo
ㅕ yeo	겨 kyeo/gyeo	녀 yeo	뎌 tyeo/dyeo	려 lyeo	며 myeo	벼 pyeo/byeo	셔 syeo	여 yeo	져 chyeo/jyeo
ㅗ o	고 ko/go	노 no	도 to/do	로 lo	모 mo	보 po/bo	소 so	오 o	조 cho/jo
ㅛ yo	교 kyo/gyo	뇨 nyo	됴 tyo/dyo	료 lyo	묘 myo	뵤 pyo/byo	쇼 syo	요 yo	죠 chyo/jyo
ㅜ u	구 ku/gu	누 nu	두 tu/du	루 lu	무 mu	부 pu/bu	수 su	우 u	주 chu/ju
ㅠ yu	규 kyu/gyu	뉴 nyu	듀 tyu/dyu	류 lyu	뮤 myu	뷰 pyu/byu	슈 syu	유 yu	쥬 chyu/jyu
ㅡ eu	그 keu/geu	느 neu	드 teu/deu	르 leu	므 meu	브 peu/beu	스 seu	으 eu	즈 cheu/jeu
ㅣ i	기 ki/gi	니 ni	디 ti/di	리 li	미 mi	비 pi/bi	시 si	이 i	지 chi/ji

ㅊ	ㅋ	ㅌ	ㅍ	ㅎ	ㄲ	ㄸ	ㅃ	ㅆ	ㅉ
chh	kh	th	ph	h	kk	tt	pp	ss	cch
차 chha	카 kha	타 tha	파 pha	하 ha	까 kka	따 tta	빠 ppa	싸 ssa	짜 ccha
챠 chhya	캬 khya	탸 thya	퍄 phya	햐 hya	꺄 kkya	땨 ttya	뺘 ppya	쌰 ssya	쨔 cchya
처 chheo	커 kheo	터 theo	퍼 pheo	허 heo	꺼 kkeo	떠 tteo	뻐 ppeo	써 sseo	쩌 ccheo
쳐 chhyeo	켜 khyeo	텨 thyeo	펴 phyeo	혀 hyeo	껴 kkyeo	뗘 ttyeo	뼈 ppyeo	쎠 ssyeo	쪄 cchyeo
초 chho	코 kho	토 tho	포 pho	호 ho	꼬 kko	또 tto	뽀 ppo	쏘 sso	쪼 ccho
쵸 chhyo	쿄 khyo	툐 thyo	표 phyo	효 hyo	꾜 kkyo	뚀 ttyo	뾰 ppyo	쑈 ssyo	쬬 cchyo
추 chhu	쿠 khu	투 thu	푸 phu	후 hu	꾸 kku	뚜 ttu	뿌 ppu	쑤 ssu	쭈 cchu
츄 chhyu	큐 khyu	튜 thyu	퓨 phyu	휴 hyu	뀨 kkyu	뜌 ttyu	쀼 ppyu	쓔 ssyu	쮸 cchyu
츠 chheu	크 kheu	트 theu	프 pheu	흐 heu	끄 kkeu	뜨 tteu	쁘 ppeu	쓰 sseu	쯔 ccheu
치 chhi	키 khi	티 thi	피 phi	히 hi	끼 kki	띠 tti	삐 ppi	씨 ssi	찌 cchi

CHAPTER 7

基礎韓語

203

韓文字母一覽表（合成母音）

🔊 183-184

子音 母音	ㄱ k/g	ㄴ n	ㄷ t/d	ㄹ r/l	ㅁ m	ㅂ p/b	ㅅ s	ㅇ 無音/ng	ㅈ ch/j
ㅐ ae	개 kae/gae	내 nae	대 tae/dae	래 lae	매 mae	배 pae/bae	새 sae	애 ae	재 chae/jae
ㅒ yae	걔 kyae/gyae	냬 nyae	댸 tyae/dyae	럐 lyae	먜 myae	뱨 pyae/byae	섀 syae	얘 yae	쟤 chyae/jyae
ㅔ e	게 ke/ge	네 ne	데 te/de	레 le	메 me	베 pe/be	세 se	에 e	제 che/je
ㅖ ye	계 kye/gye	녜 nye	뎨 tye/dye	례 lye	몌 mye	볘 pye/bye	셰 sye	예 ye	졔 chye/jye
ㅘ wa	과 kwa/gwa	놔 nwa	돠 twa/dwa	롸 lwa	뫄 mwa	봐 pwa/bwa	솨 swa	와 wa	좌 chwa/jwa
ㅙ we	괘 kwe/gwe	냬 nwe	돼 twe/dwe	뢔 lwe	뫠 mwe	봬 pwe/bwe	쇄 swe	왜 we	좨 chwe/jwe
ㅚ we	괴 kwe/gwe	뇌 nwe	되 twe/dwe	뢰 lwe	뫼 mwe	뵈 pwe/bwe	쇠 swe	외 we	죄 chwe/jwe
ㅝ wo	궈 kwo/gwo	눠 nwo	둬 two/dwo	뤄 lwo	뭐 mwo	붜 pwo/bwo	숴 swo	워 wo	줘 chwo/jwo
ㅞ we	궤 kwe/gwe	눼 nwe	뒈 twe/dwe	뤠 lwe	뭬 mwe	붸 pwe/bwe	쉐 swe	웨 we	줴 chwe/jwe
ㅟ wi	귀 kwi/gwi	뉘 nwi	뒤 twi/dwi	뤼 lwi	뮈 mwi	뷔 pwi/bwi	쉬 swi	위 wi	쥐 chwi/jwi
ㅢ ui	긔 kui/gui	늬 nui	듸 tui/dui	릐 lui	믜 mui	븨 pui/bui	싀 sui	의 ui	즤 chui/jui

204

※灰字部分為幾乎不使用的音。

ㅊ	ㅋ	ㅌ	ㅍ	ㅎ	ㄲ	ㄸ	ㅃ	ㅆ	ㅉ
chh	kh	th	ph	h	kk	tt	pp	ss	cch
채	캐	태	패	해	깨	때	빼	쌔	째
chhae	khae	thae	phae	hae	kkae	ttae	ppae	ssae	cchae
챼	걔	턔	퍠	햬	꺠	떄	뺴	썌	쨰
chhyae	khyae	thyae	phyae	hyae	kkyae	ttyae	ppyae	ssyae	cchyae
체	케	테	페	헤	께	떼	뻬	쎄	쩨
chhe	khe	the	phe	he	kke	tte	ppe	sse	cche
쳬	켸	톄	폐	혜	꼐	뗴	뼤	쎼	쪠
chhye	khye	thye	phye	hye	kkye	ttye	ppye	ssye	cchye
촤	콰	톼	퐈	화	꽈	똬	뽜	쏴	쫘
chhwa	khwa	thwa	phwa	hwa	kkwa	ttwa	ppwa	sswa	cchwa
쵀	쾌	퇘	퐤	홰	꽤	뙈	뽸	쐐	쫴
chhwe	khwe	thwe	phwe	hwe	kkwe	ttwe	ppwe	sswe	cchwe
최	쾨	퇴	푀	회	꾀	뙤	뾔	쐬	쬐
chhwe	khwe	thwe	phwe	hwe	kkwe	ttwe	ppwe	sswe	cchwe
춰	쿼	퉈	풔	훠	꿔	뚸	뿨	쒀	쭤
chhwo	khwo	thwo	phwo	hwo	kkwo	ttwo	ppwo	sswo	cchwo
췌	퀘	퉤	풰	훼	꿰	뛔	쀄	쒜	쮀
chhwe	khwe	thwe	phwe	hwe	kkwe	ttwe	ppwe	sswe	cchwe
취	퀴	튀	퓌	휘	뀌	뛰	쀠	쉬	쮜
chhwi	khwi	thwi	phwi	hwi	kkwi	ttwi	ppwi	sswi	cchwi
츼	킈	틔	픠	희	끠	띄	쁴	씌	쯰
chhui	khui	thui	phui	hui	kkui	ttui	ppui	ssui	cchui

CHAPTER 7

基礎韓語

index

ㄅ

八	160.162
八十	163
叭叭(回答錯誤的音效)	080
爸爸	176
播出	072
白飯	136
白天	151
白色	153
百	161
百萬	161
敗北	080
杯	163
杯麵	139
杯套	132
背	178
悲傷	183
北側	157
包包	141
保護藝人	095
保濕	144
保守的	118
報導、文章	099
爆雷	103
爆紅、暴漲	102
頒獎典禮	091
半語模式	113
拌飯	135
奔放不羈的	181
本	163
本命	042
本命團	042
本放死守	086
笨蛋	182
榜單	088
榜單逆襲	089
傍晚	151
棒球帽	141
鼻子	179
比手畫腳遊戲	082
比賽	080
憋笑	075
標籤	101
表情演技	087
表演	025
編輯	099
編曲	024
編舞	025
編舞家	017
邊緣人	112
便當	139
便利商店	139
便宜	170
冰	168
冰塊	133
不斷、一直	164
不推薦	114
不過	171
不合傳聞	021
不記仇的	123
不相上下	081
不追星的人	041
不成文規定	112
不怎麼樣、不太	165
不安	077
不穩定	066
佈告欄	098
部門	091

ㄆ

爬梯遊戲	082
怕生的	122
拍立得	033
拍攝地	073
拍攝區	091
排名	092
排名公布儀式	092
配音	072
跑	166
盤子	136
判決	081
旁邊	157
朋友	177
皮膚	144
皮帶	141
皮脂	145
啤酒	051.136
屁股	178
漂亮	169
漂色	147
票券	026
偏偏	165
騙子	182
頻道	094

品牌活動	019	毛巾	033	目的地	127
平板	098	毛衣	140	幕後花絮	095
平手	081	帽T	140	**ㄈ**	
平日	151	帽子	141	發表	020
噗哧一笑	078	某程度	155	發行/上市	023
ㄇ		某時、總有一天	164	髮辮	147
媽媽	176	滿足	034.076	髮捲	147
馬格利酒	136	慢	169	髮型	146
馬卡龍	133	慢慢地	165	非粉也存	103
馬上	164	夢	034	非官方周邊	033
馬尾	147	迷妹、迷弟	040	非常	155
模仿聲音	082	迷你見面會	066	飛機	126
魔法	034	迷你專輯	023	費用	128
末場演唱會	026	祕密	034	否定現實	079
墨鏡	141	密碼	099	翻唱曲	023
默契組合	016	蜜粉	145	煩惱	035.077
默契遊戲	082	秒	161	煩躁	183
買一送一	131	免費應援物	033	反覆無常、善變	117
沒中、期待落空	080	免稅	131	反應	083
沒問也不感興趣	115	免役	021	犯規	081
眉筆	143	面膜	144	犯罪	021
眉毛	179	麵包	139	販賣機	127
每天	151	名、人	163	販售量	089
每次	156	名單	066	飯糰	139
美甲	146	名曲	024	分	161
美式咖啡	133	明天	150	分級考試	092
美容	144	明年	150	分享	099
美味	170	明信片	033	分手	020.185
妹妹	176	命運	034	分數	081.088
貓	051.180	母胎單身	113	分菜碟	136
毛孔	145	母親	176	粉底	143

粉紅色	153	打工	114	膽小鬼	182
粉絲	040	大	169	但是	171
粉絲福利	025	大頭貼	100	蛋糕	133
粉絲見面會	066	大頭貼、圖示	104	當紅、最受歡迎	072
粉絲俱樂部限定	033	大概	165	當紅偶像	075
粉絲簽售會	064	大獎	091	登出	099
粉絲圈	040	大學T/棉T	140	登入	099
憤怒	077	大學校慶	019	低	170
防曬乳	145	大學修學能力測驗	114	低頭	078
防搜尋	102	大叔	158	底妝產品	143
防禦	081	大人	177	地鐵	127
訪談	019.086	大蒜	136	地圖	127
放送事故	079	大衣	140	弟弟	176
封面照片	101	得獎	085	第三次	156
封鎖	102	呆萌美	182	第二次	156
風	152	呆傻的	181	第一次	156
奉獻的、盡心盡力的	118	袋子	130	點頭	078
夫婦	176	刀群舞	025	點心	132
福利	092	刀子	136	店	130
父母	176	倒讚	094	電棒	147
父親	176	導演	073	電腦	098
附近	157	道路	128	電話	098
副命	042	道歉文	021	電話號碼	098
副歌	024	痘痘	145	電視	019
副唱	014	單戀	184	電視台	073

ㄉ

		單曲	023	電視節目	072
搭乘處、月台	127	單程	126	電視劇	072
搭訕	185	單身	185	電子郵件	098
達成	089	單眼皮	146	電子郵件地址	098
打電話	051	單元	086	叮咚 (回答正確的音效)	080
打亮	145	膽小的	181	訂閱頻道	094

獨來獨往	116	投票	088	聽	167
獨立的	116	頭	178	停播	073
肚子	178	頭髮	178	突破	089
多	170	透明感	144	突然	164
多少（程度）	175	透明人	051	兔子	180
隊內擔當	015	貪心鬼	182	推坑	043
隊伍	081	忐忑不安	078	退團	020
對號座	128	湯	136	退坑	040
對決	080	湯飯	135	退追蹤	102
對手	080	湯匙	136	退出演藝圈	020
短髮	146	堂表兄弟姊妹	177	退伍	021
冬天	051.152	糖	133	團粉	042
東側	157	糖漿	133	團體	012
凍死也要喝冰美式	112	燙	168	團體競賽	092
動態消息	109	提名	091	團體問候	086
動物	180	提及	101	通過	081

ㄊ

他	158	提及派對	103	通話	105
她	158	提前公開	094	通知	101
特別	035	提示	080	同感、共鳴	076
特典	022	提早	165	同性戀	184
台韓情侶	185	貼圖	104	同歲	016
台籍成員	012	貼紙	033	瞳孔	035
台灣人	126	貼文	099.101	痛	170
颱風	152	貼文串	101	痛苦	183
太	155	挑剔的	181

ㄋ

太陽	152	調皮鬼	182	拿鐵	133
淘汰者	092	跳舞	025	哪、哪個	159
淘氣鬼	182	天	161	哪裡	159
討厭	168.183	天藍色	153	哪個	159
偷拍	021	天空	034	哪一邊	175
		天氣	152	哪樣、怎麼樣	159

那	159	女團	012	理想主義者	120
那麼	155.171	女性友人	184	理由	035
那天	035	女主角	059	禮物	064
那裡	159	女偶像	012	聊天訊息	104
那個	159	女兒	177	流行歌	024
那樣	159	女友/男友粉	042	流行音樂	024
奶昔	133			留言	102
奶茶	133	ㄌ		瀏海	146
內向的	120	辣炒年糕	135	瀏海放下來的髮型	146
腦粉	041	樂觀的	123	瀏海往上梳的髮型	146
男朋友	184	來	166	六	160.162
男團	012	來賓	074	六十	163
男性友人	184	來回	126	連線	066
男主角	058	雷	152	連續	089
男偶像	012	老闆、代表	017	臉	179
南側	157	老公/老婆	158	臉頰	179
難為情	077	老虎	180	練習	013
嫩豆腐鍋	135	老么	016	練習室	013
你(半語)	158	老么組	016	練習生	013
你(敬語)	158	藍色	153	練舞服	141
你們(半語)	158	狼	180	戀愛	184
你們(敬語)	158	狼尾頭	147	戀愛腦	113
逆轉	081	冷	168	零	160
逆應援	043	冷麵	135	零錢	128
牛奶	133.139	冷淡的	122.181	零食	139
牛仔褲	140	冷靜的	118	領唱	014
年	161	冷笑話	082	領舞	015
年末	091	冷色調	145	鹿	180
年度歌手獎	091	狸貓	180	路線	128
暖色調	145	離場	026	錄音	019
女朋友	184	離子夾	147	露臉	078
		理想型	185		

亂七八糟	079	購物袋	130	公開聊天室	105		
綠色	153	乾杯	137	公開戀愛	020		
		尷尬	076	公開歌曲	023		
《 《		感動	076	公開承諾	085		
哥哥組	016	感嘆	076	公開日	094		
歌曲	024.025	感覺	154.167	公開自己的粉絲身分	041		
歌曲介紹	086	感想	085	公斤	161		
歌唱	025	跟蹤狂	021	公主病	182		
歌唱課	018	剛剛	156	公尺	161		
歌手	012	更	164	公車	127		
歌詞	034	骨骼	178	公車廣告	043		
歌詞本	022	固定(指固定班底)	075	公司	017		
隔壁	157	國民請願	021	公司大樓	017		
各位	158	國籍	127	攻擊	081		
個	163	過去	034	恭敬	076		
個性	181	乖寶寶	182				
個人檔案	100	官方周邊	033	ㄎ			
個人簡介	100	官方帳號	100	咖啡	133		
個人主義者	122	官咖	098	咖啡廳	132		
個人出道	013	觀看次數	094	咖啡廳巡禮	133		
個人色彩	145	冠軍	081.089	可樂	051		
改版專輯	023	光	034	可惜	076		
概念片	095	光澤	146	可愛	076.169		
概念照	018	廣播	019	客人	130		
給	166	廣告	072	課程	013		
高	170	工作	013	開朗的	181		
高領上衣	140	工作狂	116	開球儀式	019		
搞笑、玩笑	075	工作室	013	開心	076.183		
告白	185	工作人員	017	開始	081		
狗	051.180	公共電視台	073	烤盤	136		
購票	026	公開播出	086	口紅	143		
購買	127			口香糖	139		

口譯	017	厚臉皮的	181	或者	171
看	167	後	157	獲得	093
看口型猜題遊戲	082	後輩	016	懷疑	077
看眼色	078	後續曲	023	壞	170
褲子	140	後車箱	128	回覆	101.105
快	169	候選	089	回歸	018
快樂	183	韓國料理	135	回憶	035
筷子	136	韓國料理店	135	匯款	127
困難	169	韓國人	126	會員	094
狂傲的	181	韓式烤肉	135	緩慢入坑	041
空車	128	韓語	126	渾然忘我	079
恐龍	180	韓元	161	慌亂	077

ㄏ

		和平主義者	120	黃色	153
喝	166	很	155	謊言	035
合唱	027	狐狸	180	紅毯	091
褐色	153	鬍子	179	紅茶	133
孩子	177	護膚保養	144	紅色	153
海	051	護膚油	144

ㄐ

海報	033	護照	126	肌膚問題	145
海苔飯捲	135	化妝	142	機場	126
海外粉絲投票	088	化妝品	142	即興	075
害羞	077	化妝師	017	即時熱門搜尋	102
害臊	183	化妝水	144	即使如此	171
黑粉	042	畫報	103	寂寞	183
黑歷史	075	畫面	066	極度	155
黑色	153	話題	103	集點卡	130
嘿嘿	078	話語、故事	034	嫉妒	185
好	168	活潑的	123	擊掌	081
好不容易	165	活動	018.019	幾個	175
好奇	076	活動期間	018	季節	152
喉嚨、脖子	178	或許	165	紀錄	089.099

紀錄片	072	交換	105	進軍海外	013
計程車	127	交往	185	禁語	105
計算、結帳、付款	130	教練	092	禁用外來語遊戲	082
記憶	035	焦土化	079	盡快	165
加好友	105	焦躁	077	獎盃	084
加值	127	嚼嚼	078	醬料	139
加油！	081	腳	178	醬蟹	135
家人	176	九	160.162	經典畫面	075
夾克	140	九十	163	經紀公司	017
夾子	136	九十九	163	經紀人	017
接髮	147	酒	136	經常	164
接力舞蹈	095	酒窩	179	精華片段總集	095
接龍	082	就那樣	165	精華液	144
接睫毛	146	舊照	075	精心隨性風、偽素顏	112
接著	171	肩膀	178	精神崩潰	079
接吻	185	煎餅	135	驚嚇	183
街頭表演	018	剪刀	136	驚訝得搗住嘴巴	078
結果	080.171	剪刀石頭布	081	競技	080
結婚	185	簡單	169	橘色	153
結帳	130	簡訊投票	088	鞠躬	078
結束兵役的人	021	見面、遇到	167	距離	128
結尾妖精	087	漸層、暈染	146	劇本	072
睫毛	179	今天	150	絕對	164
睫毛膏	143	今年	150	捲髮	147
睫毛夾	145	今日投票結束	093	軍白期	021
節目分量	093	金湯匙	113	軍隊	021
節目分數	088	金色	153		
姊妹	176	津津有味	079	七	160.162
解散	020	緊急	126	七十	163
解約	020	緊張	077	妻子	177
戒指	141	晉級	093	其實	165

期待	076	清單	101	下次	156
期間限定	033	情緒高昂的	123	下午	151
起司	139	晴	152	下位圈	093
企鵝	180	請多多關注	115	夏天	051.152
汽水	051	請求	034	嚇一跳	183
契約	020	區域	027	鞋子	141
氣泡飲	133	去	166	諧星	075
氣氛突然變冷	079	去年	150	血腸	135
氣味	154	確認錄製畫面	086	寫	167
竊竊私語	078	全部	165	寫真書	022
秋天	152	全方位偶像	075	卸妝油	146
千	161	裙子	140	小	169
千萬	161	群組訊息	105	小撇步	112
簽名	065.130	ㄒ		小卡	032
簽售會配飾	065	西側	157	小卡禮儀照	043
前	157	嘻哈音樂	024	小可愛	182
前輩	016	嘻嘻	078	小雞	180
前本命團	042	嘻笑	078	小帳	100
前男友	184	洗臉	144	小菜	136
前女友	184	洗顏慕絲	144	小遊戲	080
前奏	024	喜歡	183	效果	144
前所未見	079	細心的	119	效果字	074
親近	170	下	157	校園暴力	021
親切的	119	下巴	179	休息期間	020
親切溫柔的	181	下班	019	休息室	086
親愛的	158	下班路	019	休息日	151
勤勞的	119	下個	156	修羅場	079
鏘鏘	078	下個星期	150	修容	145
強	169	下個月	150	羞愧	183
強力推薦	114	下酒菜	137	先	156
青春	034	下載	088	先行曲	023

鮮奶油	133	香腸	139	形容鬆軟的樣子			154
顯色	146	想	167	形容搖晃的樣子			154
限制瀏覽帳號	100	想法	035	姓名			127
限時動態	109	想像力豐富的	120	幸福		034.076.183	
現金	130	項目	080	許多地			155
現場	073	項鍊	141	續約			020
現場旁觀節目	086	像老么一樣惹人憐愛的最年長成員	016	學校制服			141
現場直播	073.086	星冰樂	133	雪			152
現場轉播	026	星期六	151	宣傳			018
現場演出	026.086	星期日	151	選擇			099
現實的	123	星期四	151	巡迴			026
現在	156.164	星期三	150	訊息			105
現在馬上	156	星期二	150	兄妹/姊弟			176
現在位置	128	星期一	150	兄弟			176
羨慕	076.183	星期五	151	胸			178
線下活動	043	興致高昂	121	ㄓ			
線上投票	088	行程	018	之後			156
心心情	034	形容蓬鬆或有彈性的樣子	154	之間			157
心得	103	形容發抖的樣子	154	知名粉絲			042
心情	035	形容忐忑不安的樣子	154	肢體搞笑			075
心思細膩的	120	形容黏稠或親密的樣子	154	隻 (動物個數)			163
辛奇	136	形容乾燥酥脆的聲音	154	直播			044
欣慰	076	形容滑溜的樣子	154	直播投票			088
新歌	024	形容緊張忐忑的樣子	154	直拍			087
新人	013	形容蠢蠢欲動或扭動的樣子	154	直髮			147
新人獎	091	形容閃亮的樣子	154	直接地			157
新增	099	形容繞圈圈的樣子	154	姪子/姪女/外甥/外甥女			177
新聞	072	形容匆忙或快速的樣子	154	質疑			021
信	064			指引			127
信用卡	130			至少			155
相關關鍵字	102			志願生			013

智慧型手機	098	陣容	086	專場演唱會	026
製作	024	鎮靜、舒緩	144	專業人士	012
製作花絮	095	張	163	轉乘	126
製作人/PD	073	丈夫	177	準備	018
製作組	073	帳號	100	準備期間	018
摯友	114	爭議	021	妝髮造型師	017
炸雞	139	徵選、選秀	092	狀態訊息	105
炸醬麵	051	徵選/星探挖掘	012	中簽售需購買的最少專輯數	066
遮瑕	145	正規專輯	023	中選者	066
折返車	128	正確答案	080	中文	126
折扣	130	正式播出	086	ㄔ	
這	159	主rapper	015	重播	072
這裡	159	主打歌	023	重大事件	079
這個	159	主題曲	093	重感情	121
這個星期	150	主畫面	101	重看	072
這個月	150	主持人(MC)	073	重新開始活動	020
這次	156	主唱	014	重新入坑	040
這樣	159	主舞	015	吃	166
照片	103	住處	013	叉子	136
周邊	032	桌布	099	車	128
周邊、四周	157	追求自然邂逅的人	113	車站	127
週	161	追星	040	超火大	115
週末	151	追星夥伴	041	超級巨星	012
站	128	追蹤	101	炒碼麵	051
站姐、站哥	042	追蹤者	101	抽選	066
暫停	081	追蹤用帳號	100	醜聞	020
暫停活動	020	專輯	023	產品	130
暫停追星	040	專輯分數	088	沉默寡言的	122
真的	155	專心打遊戲	114	襯衫	140
針織帽	141	專心唸書	114	長髮	146
針織衫	140	專注	077		

場刊	033	衝(音源榜、銷量等)	043	視訊簽售	066
成分	144	(ㄕ)		試音、確認音響	086
成功	081	失敗	081	試用品	145
成功的粉絲	041	失戀	185	飾品	141
成長	092	失誤	081	什麼	175
成員	012	獅子	180	什麼(後面加名詞)	175
乘車處	128	十	160.162	什麼時候	175
誠懇的、實在的	118	十分	155	什麼樣的	175
誠實地	035	十字路口	128	舌頭	179
出道	013	十四	162	設定	099
出道圈內	093	十三	162	設為靜音	102
出道組	093	十二	160.162	攝影	019
出境	126	十一	160.162	攝影棚	073
出身	092	十萬	161	攝影師	073
初動(專輯首週銷售量)	089	時(點)	163	誰	175
初戀	185	時光機	051	稍微、一點點	155
初次公開	075	時間	150	燒酒	051.136
儲存	099	時間表	023	少	170
穿搭	140	時間軸	101	收到	166
穿洞	141	實力	092	收圖	103
傳播	099	實境節目	072	收錄曲	023
傳訊息	051	使用	167	收據	130
傳說、傳奇	115	使用者	101	收視率	073
串流	088	使用者名稱	101	收藏	101
春天	152	世界巡迴	026	收銀台	130
唇蜜	146	世界上	035	手	178
唇釉	146	示威、抗議活動	021	手臂	178
充滿好奇心	121	事前投票	088	手機	098
充滿正義感	121	室友	013	手續費	126
充滿熱情的	117	視黃醇(A醇)	144	手指甲	178
充電器	098	視線	035	手肘	178

217

首播	086	聲音	066.154	人生照片	113
首場演唱會	026	勝利	080	任務	081
首次	156	抒情歌	024	認清現實	079
售罄	131	書籤	101	認證照	043
山	051	輸入	099	乳霜/面霜	144
刪除	099	輸入錯誤、打錯字	099	乳液	144
刪除帳號	102	數位單曲	023	入坑	040
善良的	122	樹懶	180	入坑否定期	040
善解人意	121	說	167	入境	126
善意留言	102	順利、擅長	164	入場	026
善於交際的	119	順序	156	入伍	021
伸手牌	113	瞬間	035	弱	169
身體	178	雙胞胎	177	容易變心的粉絲	041
深思熟慮	079	雙馬尾	147	ㄗ	
商品	130	雙眼皮	146	子團	012
傷心	077	爽朗的	181	仔細的	118
上	157	ㄖ		紫色	153
上班	019	日本巡迴	026	字幕	072
上班路	019	日本出道	013	自戀	182
上個星期	150	日程	018	自信滿滿	079
上個月	150	惹人愛的人	182	自製內容	095
上傳	094	熱	168	自由座	128
上次	156	熱門	089	自我搜尋	103
上午	151	熱門趨勢	102	雜食性粉絲	041
上位圈	093	熱戀	020	再次	164
尚未	164	熱水	139	在隊內握有實權的大牌老么	016
生牛肉	135	饒舌	025		
生日廣告	043	然後	171	在哪裡	175
生日時間應援	043	然而	171	早上	151
生存者	092	染髮	147	造型師	017
生存遊戲	092	人氣王	112	走	166

讚	094.101	ㄘ		三冠王	089
祖母	176	次	163	三角形	153
祖父	176	刺激	145	三行詩(藏頭詩)	082
昨天	150	測謊機	082	三十	160.162
左	157	猜歌名遊戲	082	蔘雞湯	135
左顧右盼	078	彩排	086	素顏	144
作家、編劇	073	彩虹	152	宿舍	013
作曲	024	彩色隱形眼鏡	145	縮圖	094
作曲家	017	倉鼠	180	所以	171
作詞	024	存在	034	所有	165
作詞家	017	聰明的	181	所有場次	026
座位	027	從頭到腳	035	隨和的、灑脫的	117
做	167	ㄙ		隨機播放舞蹈	082
嘴巴	179	司機	128	隨機周邊	033
嘴唇	179	司儀、主持人	073	歲	163
最	155	私訊	101	孫子/孫女	177
最年長的哥哥/大哥	016	私生	041	松鼠	180
最年長的姐姐/大姐	016	私人訊息	105	ㄚ	
最年長與最年幼成員的組合		私人帳號	100	阿姨	158
	016	嘶	078	ㄜ	
最高級、滿級	115	四	160.162	額頭	179
最後	156	四邊形	153	惡意留言	102
最近	151	四處放線、養備胎	113	惡意剪輯	093
最終	093	四十	163	ㄞ	
最終播出	086	撒嬌	025	愛	184
最終入選	093	腮紅	143	愛哭鬼	182
綜藝咖偶像	075	騷動	078	愛心	101
綜藝節目	074	搜尋	099	愛人	184
總之	171	三	160.162	愛撒嬌的人	182
總是	164	三明治	139	曖昧	113
		三樓座位	027		

ㄠ
傲慢的	181
傲嬌	182

ㄡ
偶像	012
偶像同款	043
偶爾	164

ㄢ
安可演唱會	027
安可舞台	087
安靜的	120
安全帶	126
按愛心	103

ㄤ
昂貴	170

ㄦ
而且	171
兒子	177
耳朵	179
耳環	141
二	160.162
二樓座位	027
二十	160.162

ㄧ
一	160.162
一般販售	023
一定	164
一天	151
一口氣看完(電視劇)	072
一見鍾情	184
一起	165
一生	035
一二三木頭人	082
衣服	140
儀典組	017
遺憾	076
已讀	105
已讀不回	105
已經	164
意外入坑	041
意味深遠	079
億	161
藝人	012
呀啊	078
壓克力立牌	033
牙齒	179
夜晚	151
腰	178
邀請	105
搖頭	078
鑰匙圈	033
幽默	075
憂鬱	077
優格	139
優惠券	130
優先販售	023
優柔寡斷	079
猶豫、停頓	077
有美感	122
有點、些微	155
有領導能力	117
有邏輯的	116
有計畫的	118
有氣勢	117
有趣	168
有效期限	127
有策略的	116
又	164
右	157
菸鹼醯胺(維生素B3)	144
醃蘿蔔辛奇	136
醃黃蘿蔔	136
延長契約	020
延誤	126
顏色	146.153
嚴格的	119
嚴謹的	119
嚴肅	077
眼皮	145
眼淚	035
眼睛	179
眼鏡	141
眼線筆	143
眼影	143
演唱會	026
演唱會歌單	027
演出	026
演出者	073
演出場地	027
演出邀請	073
演藝人員	012
演員	073
因此	171

因為	171	影像	103	微波爐	139
音樂	024	**ㄨ**		微笑	035
音樂節目	084	無聊	168	維他命C	144
音樂銀行	087	無論什麼都來提問	115	維持原樣地	165
音色、歌聲	086	無話可說	115	委屈	183
音源	024	無趣	115	未讀不回	105
音源分數	088	無線電視台	073	未公開片段	095
音源強者	089	無緣無故	165	未接來電	105
陰	152	五	160.162	位置	027
陰鬱的	181	五官	179	為什麼	175
引人注目	079	五花肉	135	完美主義者	116
引用	099	五十	160.163	完全不	155
飲料	132	舞蹈	025	完全地	165
隱形眼鏡	145	舞蹈對決	082	完全體	020
隱藏攝影機	075	舞蹈練習	095	完全是我的菜	114
洋釀炸雞	135	舞蹈課	018	完成	127
洋裝	140	舞台	027	晚自習	114
樣品	145	舞台魅力	025	萬	161
嬰兒	177	舞台問候	019	萬一	165
應募	066	霧面	146	溫和的	181
應援	043	哇啊	078	文靜的	181
應援棒、手燈	032	我(半語,對平輩或晚輩的用語)	158	問答	080
應援牌	027	我(謙稱)	158	問題、題目	080
應援法	027	我們	158	網路	098
應援手幅	032	我的菜	185	網咖	114
應用程式	098	臥蠶	145	網站	098
螢幕	027	外向的	121	**ㄩ**	
螢幕粉	042	外祖母	176	於是	171
螢幕錄影	066	外祖父	176	羽絨衣	140
螢幕截圖	099	唯粉	042	雨	152
影片	094	圍巾	141	語言課	018

預錄	086	#咖啡廳推薦	110	～列	027
預告	072	#韓國旅行	111	～冠王	089
預告片	094	#互追	109	～輯	023
預購	089	#互讚	109	○○寶寶	112
預約販售	023	#回追	109	○○哥哥	112
預約號碼	127	#歡迎按讚	109	○○先生/小姐	158
預約者	127	#交流	109	○○先生/小姐	158
鬱悶	076.183	#今天吃什麼	110	○○組合	016
約定	035	#鏡子自拍	110	Asia Artist Awards (AAA)	091
約會	185	#居家IG	111	bubble	105
月	152.161	#居家佈置	111	CD	022
月底考核	013	#休假	111	dance break	025
原本	165	#先追	109	ENFJ	121
原曲	092	#重訓IG	110	ENFP	121
遠距離戀愛	113	#重訓新手	110	ENTJ	117
雲	034	#出國旅行	111	ENTP	117
運動服	140	#穿搭IG	110	ESFJ	119
永遠地	165	#日常	111	ESFP	123
勇敢的	123	#日常IG	111	ESTJ	119
勇氣	035	#自拍	108	ESTP	123
勇於挑戰的	117	#自拍IG	109	Golden Disc Awards (GDA)	091
其他		#自費購買	109		
#followme	109	#贊助	109	Hashtag	108
#IG好友	109	#悠閒	111	INFJ	120
#OOTD	110	#友情旅行	111	INFP	120
#美食IG	110	#友誼IG	108	Instagram直播	045
#美食名店	110	(男性發話者)哥哥	177	INTJ	116
#唸書IG	109	(男性發話者)姊姊	177	INTP	116
#立刻回追	109	(女性發話者)哥哥	177	ISFJ	118
#旅行IG	111	(女性發話者)姊姊	177	ISFP	122
#咖啡廳IG	110	～的忠實粉絲	042	ISTJ	118

ISTP	122
KakaoTalk	105
KBS歌謠大祝祭	091
killing part	025
K-pop	024
M COUNTDOWN	087
MBC歌謠大祭典	091
Melon Music Awards（MMA）	091
Mnet Asian Music Awards（MAMA）	091
MV	094
MV播放	088
NAVER	098
one pick	092
pick	092
SBS歌謠大戰	091
SBS人氣歌謠	087
SHOW CHAMPION	087
SHOW! 音樂中心	087
showcase	018
THE SHOW	087
T-money卡	127
T恤	033
Vlog	095
Weverse直播	045
YouTube	094
YouTube Shorts	094
YouTuber	094
YouTube直播	045

國家圖書館出版品預行編目資料

超蝦趴！K-pop追星韓語/宍戶奈美著；吳羽柔譯. -- 初版. -- 臺北市：日月文化出版股份有限公司, 2025.09
224 面；14.7*21 公分. -- (EZKorea ;54)

ISBN 978-626-7641-91-0（平裝）

1. 韓語 2. 讀本
803.28
114009044

EZKorea 54

超蝦趴！K-pop追星韓語（附QR Code線上音檔）

作　　者：宍戶奈美
繪　　者：さめない
譯　　者：吳羽柔
空耳撰稿：曹仲堯
編　　輯：郭怡廷、葉羿妤
校對協助：何睿哲
封面設計：蕭旭芳
內頁排版：LittleWork 編輯設計室
韓文錄音：郭修蓉
錄音後製：純粹錄音後製有限公司
行銷企劃：張爾芸

發 行 人：洪祺祥
副總經理：洪偉傑
副總編輯：曹仲堯
法律顧問：建大法律事務所
財務顧問：高威會計師事務所

出　　版：日月文化出版股份有限公司
製　　作：EZ叢書館
地　　址：台北市信義路三段151號8樓
電　　話：(02) 2708-5509
傳　　真：(02) 2708-6157
客服信箱：service@heliopolis.com.tw
網　　址：www.heliopolis.com.tw
郵撥帳號：19716071 日月文化出版股份有限公司

總 經 銷：聯合發行股份有限公司
電　　話：(02) 2917-8022
傳　　真：(02) 2915-7212
印　　刷：中原造像股份有限公司
初　　版：2025年9月
定　　價：380元
I S B N：978-626-7641-91-0

OSHIKATSU NI KANARAZU YAKUDATSU　PITTARI KANKOKUGO
©Shishido Nami、samenai 2024
First published in Japan in 2024 by KADOKAWA CORPORATION, Tokyo. Complex Chinese translation rights arranged with KADOKAWA CORPORATION, Tokyo through AMANN CO., LTD., Taipei.

◎版權所有‧翻印必究
◎本書如有缺頁、破損、裝訂錯誤，請寄回本公司更換

本書所附音檔由 EZ Course 平台（https://ezcourse.com.tw）提供。購書讀者使用音檔，須註冊 EZ Course 會員，並同意平台服務條款及隱私權與安全政策，完成信箱認證後，前往「書籍音頻」頁面啟動免費訂閱程序。訂閱過程中，購書讀者需完成簡易書籍問答驗證，以確認購書資格與使用權限。完成後，即可免費線上收聽本書專屬音檔。

音檔為授權數位內容，僅限購書讀者本人使用。請勿擅自轉載、重製、散布或提供他人，違反使用規範者將依法追究。購書即表示購書讀者已了解並同意上述條件。詳細操作方式請見書中說明，或至 EZ Course 網站「書籍音頻操作指引」常見問答頁面查詢。